누가 세월을 산술하랴

누가 세월을 산술하랴

1판 1쇄 발행   2021년 5월 10일

지은이   류인석
발행인   이선우
펴낸곳   도서출판 선우미디어

등록 | 1997. 8. 7 제305-2014-000020
02643 서울시 동대문구 장한로 12길 40, 101동 203호
☎ 2272-3351, 3352 팩스: 2272-5540
sunwoome@hanmail.net
Printed in Korea ⓒ 2020. 류인석

값 13,000원

※ 이 사업은 대전광역시, (재)대전문화재단에서 사업비 일부를 지원 받았습니다.

ISBN 978-89-5658-661-9 03810

누가 세월을 산술하랴

류인석 열일곱 번째 수필집

선우미디어

작가의 말

누가 세월을 산술하랴

한 손에 막대잡고, 또 한 손에 가시 쥐고/ 늙는 길 가시로 막고, 오는 백발 막대로 치려 했더니/ 백발이 먼저 알고 지름길로 오더라.

고려 충숙왕 때 학자 우탁禹倬(1263~1343)의 절창絕唱했던 시조 탄로가歎老歌다.

누가 세월을 산술하랴….

세월…, 내가 살아온 세월도 어언 산수傘壽를 넘었다. 머지않아 종점이다. 남들 앞에 나서기조차 민망한 노추老醜가 되었다. 공사公私간 모임도 줄이고, 출입出入 횟수도 줄인 지가 3년을 넘었다. 시공時空의 섭리가 그렇게 하라고 가르친다.

보고, 듣고, 또 생각으로 틈틈이 써놓은 졸문들을 모아 산문집 ≪누가 세월을 산술하랴≫를 엮었다. 부끄러운 글 17번째다. 글쓰기가 이토록 어려운 줄 몰랐다. 글을 쓰겠다고 달려든 것 자체가 만용이었다. 형식이 없기에 수필은 더욱 어렵다. 이젠 부끄러운 붓을 꺾으려 한다.

생업 일선에서 정년이란 관문을 통과한 후, 책임도 의무도 모두 세월에게 빼앗긴 채, 아무것도 할 일 없어 들어선 길이 글쓰기였다. 30여 년 기자記者직업으로 글 써먹고 살았기에, 문학의 길도 비슷할 것이라고 생각했던 게 오만이고 착각이었다. 글을 쓴다는 것은 내가 나를 찾는 구도求道의 길이다.

1994년 등단 이후 27년임을 이제야 깨닫고 미로迷路를 헤맸지만, 명문 한 줄 만들지 못한 채 심오深奧한 그 길을 멈추고, 이제 옛 선비 우탁禹倬이 절창絕唱한 탄로가歎老歌나 읊으려 한다. 끝으로 이 책을 내도록 출판비를 지원해 주신 대전大田 문화재단에 감사한다.

2021년 5월 10일

雲庵房에서 류인석

차례

4 섭리는 변하지 않는다

1

공짜세월이라고?

들고나는 삶의 문門

우리의 모든 생활공간은 안과 밖으로 나뉘고, 소통하는 경계에는 반드시 문門이 있다. 문을 열고 들어서면 안이 되고, 문을 열고 나서면 밖이 된다. 양면성을 가진 인간의 본능구조를 생활공간 속에서 표상화, 현실화시킨 것이 바로 문이다. 문은 열고 닫기에 따라 안과 밖을 갈라놓기도 하고, 교류시키기도 하며, 또 통합하거나 분리시키기도 한다.

개인과 사회, 밀실과 광장, 내면과 외면, 현실과 이상, 성聖과 속俗, 이승과 저승, 음과 양 등 상반되는 가치들이 경계를 두고 존재하면서 화합과 단절의 통로가 되는 곳이 바로 문이다. 사람들 마음속에도 안과 밖, 음양이 함께 하고 있다. 사람마다 은밀한 내면공간을 원하면서도 또 활짝 트인 바깥세상으로 나가려는 욕망도 강하다. 안과 밖의 양면성은 양陽과 음陰으로 이어지는 우주의 섭리이기도 하다.

사람은 누구나 들고나는 문을 통해 상대적이고 이질적인 영역을 넘나든다. 문을 통해 소통하면서 교류하는 과정을 거쳐야 비로소 사람은 사회적 구성원으로서의 인격이 완성되기도 한다. 진정 자유롭게 살아가기를 원한다면 현재 자신이 머물고 있는 공간의 문을 활짝 열어놓아야 한다. 그러나 함부로 열어놓을 경우 역풍이 침입할 수도 있기 때문에 항상 경계警戒심을 늦출 수 없다.

문을 열고 밖으로 나서면 넓은 외부세상을 만나고, 문을 열고 안으로 들어가면 아늑한 내면의 공간을 만난다. 문은 안과 밖을 가르는 양편의 경계境界에 위치하기 때문에 엄격한 법력法力도 지닌다. 문이 열려있어도 주인의 허락 없이는 함부로 드나들 수 없다. 문은 드나들기 위해 만들어졌지만 출입에는 제약이 따르는 것이다. 법의 차원을 넘어 관행화된 일상의 상식이다.

문에는 삶의 감성을 자극하는 요소도 다분하게 담겨있다. 오래 전 어느 잡지에서 김광언, 유보선 선생이 쓴 문에 대한 글을 감명 깊게 읽은 기억이 지금도 지워지질 않는다. "문살 창호지에 은은하게 배어드는 저녁놀의 신비로움이나, 또는 새날이 배어드는 희망의 아침빛을 보면서 우리는 문을 통해 이승과 저승을 초월한 영혼의 세계로 연결되는 감성에 젖어보기도 한다. 게다가 창문에 깃든 교교한 달빛에 흔들리는 나뭇가지 그림자라도 어른대면 촌가에 머무는 하룻밤의 서정을 어찌 다 필설로 형언하랴." 고즈넉한 산촌에서 하룻밤을 보내면서 들창에 비친 안과 밖, 서정을 그려낸 깊은 감성의 표현이다.

설한풍 몰아치는 긴긴 겨울밤 물레질하며 춥고 배고픈 인고忍苦의 세월을 허기지게 감아낸 어머니들의 한恨처럼 구슬프게 울어대던 문풍지 소리…. 이 또한 엄동설한 초가삼간에서 살아본 세대들에게 지워지지 않는 문의 추억이다. 시대 따라, 문명 따라 건축물 양식이 변화하면서 이젠 문의 양식이나 구조도 바뀌고 있다.

누구나 인생은 문에서부터 시작한다. 인간들은 모두 옥문玉門을 통해서 태어났다. 누가 대도무문大道無門을 말했던가. 불가佛家의 진리다. '부처에 드는 길은 문이 없다.'는 의미다. 진리는 세상만사 이르지 않는 곳이 없다. 문이란 제약이 필요 없다. 무문無門이란 열고 닫는 문의 구실을 부정하는 철학적 언명이다. 때문에 산문山門은 항상 열려있어도 범부중생들은 쉽게 출입할 수 없을 만큼 구도정진의 심장한 법성法性을 지닌다. 잡다한 소음이 멎는 순간 침묵을 만들고, 또 그 침묵들이 다시 깨어나 울림을 만들어내는 반전의 변증법과도 같은 게 심장深長한 대도무문의 철학이다.

능묘, 향교 앞에 세운 홍살문이나 산사의 일주문은 특정 시설을 상징하는 문이다. 의사소통 수단인 말도 '입口'이라는 문을 통해서 들고 난다. 우리 생활 속에는 문을 응용한 말들이 너무도 많다. 영업이나 사업을 시작한다는 의미로 '문을 열었다' 하고, 반대로 영업을 마쳤거나 사업을 그만둔 상태를 '문을 닫았다'고 한다. 어떤 일의 마지막 고비는 관문關門이고, 과거시험에서 합격하는 관문은 등용문登龍門이다.

또 새로운 시작은 입문入門이고, 성姓과 본本이 같은 사람은 문중門中. 친족끼리는 가문家門, 많은 인재를 배출한 학교는 명문名門, 같은 학교 출신은 동문同門이다. 또 '열린 문'은 환영을 의미하고, '닫힌 문'은 단절을 의미한다. 길흉화복吉凶禍福까지도 문을 통해 드나든다. 입춘절에는 대문에 입춘대길立春大吉 건양다경建陽多慶을 써 붙여 새봄을 맞는다. 제사 때는 방문과 대문을 열어놓고 조상의 신神을 맞는다.

또 문은 주인의 신분위상을 나타내는 상징이기도 하다. 열두 대문은 양반가의 부잣집 솟을문을 연상케 한다. 대문에 문패를 걸고 드나들 때마다 자기 이름을 쳐다보며 자존심을 확인하기도 한다.

마음에도 문이 있다. 믿는 사람끼리는 '마음의 문'을 열고, 불편한 상대에게는 '마음의 문'을 닫는다. 또 '좁은 문'은 통과하기 어려운 곳을 떠올린다. 이밖에도 고생문, 호강문도 있다. 문은 내부와 외부 영역의 변곡점이기도 하다. 평생 들고나는 문은 누구에게나 삶의 문이고 운명에 도전하는 인생의 문이다.

(2018. 1. 21.)

삶의 리듬과 조화

우주의 질서는 리듬(Rhythm)이다. 아침이면 해가 뜨고 저녁이면 해가 진다. 밤과 낮이 번갈아 돌고 돈다. 밤이면 잠자고 아침이면 깨어나며 낮에는 활동한다. 때를 맞춰 하루 세 끼 식사하고, 소화되면 배설하며 사는 우리 삶이 모두가 리듬이다. 일정한 간격으로 호흡하고, 맥박이 뛰면서 살아있는 상태가 유지된다. 똑같은 사실을 똑같은 주기로 반복하면 그게 바로 리듬이다.

세상 만물의 존재는 유有와 무無를 반복하고 생성과 소멸을 되풀이한다. 모든 생명체가 리듬으로 존재한다. 리듬은 곧 생명이고 삶이다. 리듬이 깨지면 고통이고, 리듬이 사라지면 소멸이다. 단세포 미물도, 영장류 동물들도 전부가 리듬으로 존재한다. 하늘을 나는 곤충도 리듬 따라 날갯짓하고 숲속 잡새들까지도 리듬 따라 우짖는다.

심지어는 길섶에 피어나는 이름 모를 풀 한 포기까지도 리듬 따라 살고 죽는다. 삼라만상 모든 존재를 품에 안은 우주자연의 섭리 자체가 리듬이다. 사계절을 어김없이 돌고 돈다. 여름엔 덥고 겨울엔 춥다. 한 해는 24절기가 순환하고 한 달은 상중하순으로 반복하며 매일 아침저녁 어김없이 밤陰과 낮陽으로 순환하는 것도 기막힌 우주자연의 리듬이다.

살아온 세월도 리듬이었고, 또 살아갈 미래도 리듬에서 벗어날 수가 없다. 오래 전에 시사평론가 김대중 선생의 글을 읽고 무릎을 친 적이 있다. 내 삶 자체가 리듬인 것조차도 비로소 깨달았다. 생명의 리듬과 우주의 조화에 관심을 갖기 시작한 것도 그때부터다. 발아래 짓밟히는 하찮은 잡초 한 포기까지도 관심 가지고 살펴보면 종류에 따라 모두 각각 삶의 리듬을 가지고 있다.

해 보고 피는 꽃도 있고 달 보고 피는 꽃도 있다. 해 뜰 때 피는 꽃도 있고 해가 질 때 피는 꽃도 있다. 또 자정에만 피는 꽃도 있고 정오에만 피는 꽃도 있다. 민들레꽃은 꽃샘추위가 심술부리는 초봄에 피어나고 국화꽃은 무서리 내리는 차디찬 늦가을 밤에 기러기 울음소리 들으며 피어난다. 품종별로 피고 지는 시간이 각기 다른 것도 반드시 리듬의 섭리다.

새들도 마찬가지다. 반드시 리듬 따라 우짖는다. 많은 종류의 새들이 시간대별로 정해진 리듬 따라 우짖는다. 삼경에 우는 새가 있고 여명을 알리는 새들도 있다. 또 정오가 됐음을 알리는 새들도 있고, 어둠 덮이는 시간을 알리는 새도 있다. 심지어 갈매기는 바닷물이 들고 날 때를 정확하게 가려 우짖는다. 영락없이 봄 되면 찾아오고 가을 되면 떠나는 새가 있고, 반대로 추워지면 찾아오고 따뜻해지면 떠나가는 새들도 있다. 오묘한 리듬의 조화다.

빛 없는 깜깜한 땅 속에 묻혀 사는 미물들까지도 주기적으로 변신하고 환생하는 리듬을 갖고 있다. 여름 되면 우짖는 매미가 있고 가을되면 노래하는 풀벌레도 있다. 이들 모두가 분명한 생의 리듬을 가지고 있다. 단 하루만 살다 죽는 하루살이마저도 리듬을 거스르지 않는다. 삶의 리듬은 반드시 시간으로 이어진다. 그래서 리듬의 또다른 이름은 계절이고 시간이다.

리듬의 주기는 문명의 시계가 없어도, 달력이 없어도 정확하다. 꽃들이 피고 지는 리듬에서 시각적으로 시간을 알 수 있고, 새가 지저귀는 소리를 들으면 청각적으로 시간을 가늠할 수 있다. 또 잎 피고 꽃 피고, 산천을 치장하는 단풍잎을 보면 금방 계절을 안다. 민들레꽃이 피면 봄이 시작되고 국화꽃 피어나면 가을이 깊어진다. 자연의 리듬은 우주의 이치와 섭리까지도 가르친다.

피어나 보여주고 소리쳐 알려주는 리듬은 모두 영락없는 우주의 순리고 섭리다. 그것들이 바로 존재의 리듬이다. 학자들은 생명리듬을 '바이오리듬'이라고도 한다. 개체마다 생명의 리듬은 하나의 자연이고 우주의 섭리다. 젊은 여인들이 매월 치르는 생리현상도 분명한 인체의 리듬이다. 때문에 리듬은 삶의 균형이고 세월의 질서다. 리듬이 깨어지면 개인의 인체도, 공존의 단체도 반드시 변고變故가 따른다.

육체적, 정신적 병고는 리듬을 어기고 무리할 때 발생한다. 국가나 사회공동체의 병고도 불균형과 부조화로 리듬이 깨어질 때 발생

한다. 공간, 시간, 인간으로 이어지는 삼간三間의 균형은 반드시 리듬으로 채워져야 한다. 정기적으로 바뀌어야 할 신호등의 리듬이 고장 나면 교통 혼잡은 말할 것도 없다. 정치도 통치도 여당 야당이 서로가 뒤바뀌는 리듬 속에서 국가는 발전하는 것이다.

　국가역사의 흥망성쇠도 리듬이다. 리듬이 엉클어진 장단 속에서 억지 춤을 추어대는 오늘의 우리들…, 따라 부르기 거북한 노래를 제창하도록 강요당하는 시대현실을 마주할 때마다 거듭 삶의 리듬과 우주의 조화를 생각해본다.

(2017. 7. 4)

변화가 변화돼야 한다

"먼 달나라는 점점 가까워지고 있는데, 가까운 이웃들은 점점 멀어지고 있다."는 야설野說이 '카톡'을 타고 날아다닌다. 비록 떠도는 말이지만, 오늘날 우리 세태 현실과 정서를 정확하게 적시摘示한 말이다. 달나라를 오갈 만큼 과학문명은 발달하고 있으나, 오랜 세월 서로가 배려하고 도와가며 어울려 살던 이웃들과 인심은 점점 소원疏遠해지고 있으니 안타깝다.

변화는 언제나 순기능 못지않게 역기능도 동반하게 마련이다. 빠른 속도로 그동안 변화를 거듭하며 쾌재를 부르는 희열이 있었고, 분노를 외치는 혼란과 아우성도 있었다. 요동치는 세태 속에서 우리는 세계인들이 놀라워할 만큼 급속하게 문명과 풍요를 일구어내는 기적도 쌓았다. 숙명처럼 이어져 오던 미개와 가난을 벗고 국가 위상을 세계경제 강국 반열에 올려놓았다.

초근목피로 연명하며 초가삼간에서 비바람 피하고 살던 6·25남침전쟁을 체험한 세대들이 "우리도 한번 잘 살아보자."고 뭉친, 집

넘어린 노력의 결과였다. 자유민주주의와 시장경제를 지향한 국가 지도자의 통치철학으로 단기간 내 이룩한 국가위상 변화다. 불과 반세기만에 쌓아올린 풍요가 이젠 넘치도록 남아돌고, 문명은 현기증이 나도록 삶의 문화를 변화시켰다.

그 중에서도 가장 큰 변화는 정보통신기술 분야다. 우리의 기술들이 앞서가던 선진국들을 모두 제쳤다. 전쟁으로 초토화된 분단국가에서 세계경제 대국 반열에 오르는 부국의 영화榮華를 기록했다. 엄청나고도 놀라운 변화는 아날로그세상에서 디지털세상으로 관통했다. 일본에 여행 가면 으레 전기밥통, 라디오, 계산기 따위의 전자제품을 선물로 사오던 시대가 엊그제였다.

이젠 우리의 컴퓨터 기술이 인간의 두뇌지능을 넘어섰다. 이제는 되레 과학문명에게 인간들이 묶이는 역류세태를 맞을 위기에 처했다. 현기증이 나도록 발전하는 속도에 어지럽다. 요즘 우리의 일상은 핸드폰이 지배한다. 이름도 '스마트폰(Smart Phone)'이다. 손 안에 드는 작은 기기器機지만 위력은 엄청나다. 세계정보가 스마트폰 속에서 무량無量하게 교류된다.

골방 안에 앉아서도 오대양 육대주를 누비며 세상변화를 주도하고 있다. 남녀노소 가리지 않고 스마트폰 속으로 빠져들고 있다. 쏟아지는 새로운 정보에 몰입돼 옆 사람들이나, 이웃사람들에게 신경 쓸 시간적 여유가 없다. 달나라는 가까워지는데, 이웃 간에 정이 멀어지는 이유다. 이제 사람 두뇌의 기억기능까지도 스마트폰이 대신한다.

일상의 모든 정보가 스마트폰 속에 무한으로 저장되고 있어 필요한 만큼 수시로 꺼내 쓸 수 있다. 서로가 물어보고 상의하던 이웃이 필요 없다. 이웃의 지식보다 오히려 스마트폰 지능이 더 빠르고 정확하다. 너나없이 이웃에 묻고 상의하기보다는 스마트폰부터 검색한다. 세상은 스마트폰 중심시대로 변했다. 젊은 세대의 첨단 기기의 조작능력을 따라갈 수 없는 늙은 세대들은 점점 초조해질 수밖에 없다.

이젠 의식주가 남아돈다. 모든 것이 넘치면서 아까운 게 없고, 귀한 게 없다. 그런데도 행복하다고 말하는 사람은 없다. 되레 모두가 불만이고 짜증이다. 극도의 이기주의가 이웃까지도 시기·질투 불신·분쟁 등의 대상이 되고 있다. 오히려 가난할 때보다 이웃 간의 인정이 메마르고 각박해졌다. 전체 국민의 의식수준이나 삶의 질은 높아졌지만 윤리도덕 등 공존의 가치관은 퇴색하였다.

오늘의 변화를 주도한 구세대들은 이제 양로원이나 요양원으로 밀려나고 있고, 자비나 사랑을 외치는 종교시설이나 신앙 인구는 몇십 배가 늘어났어도 현실은 자비도 사랑도 날로 메마르고 있다. 또 교육기관이 숱하게 늘어났어도 더불어 살아가는 문화시민으로서의 자세를 가르치는 교육은 되레 소홀해졌다.

감수성 예민한 청소년들이 선생님한테 보고 배울 게 없다는 소리가 높아지고 있다. 옛날엔 못 배우고 지식이 없어도 어른 공경하고 아랫사람을 배려하며 선악을 분별하고 이웃들 서로가 상부상조하며 정겹게 살았다. 이제는 같은 지붕 밑에 살아도 이웃이 누군지도 모를 뿐만 아니라 오히려 감시하고 경계하는 대상이 됐다.

요즘 세대들은 인생관이나 가정관까지도 기성세대와는 판이하게 바뀌고 있다. 청춘남녀가 결혼하고 자식 낳는 것은 신이 명령한 인간의 사명이고 삶의 최고 가치가 아닌가. 하지만 적령기 젊은이들이 결혼하고 자식 낳는 것을 포기하기 일쑤다. 극도의 이기주의 향락주의가 인간의 도리나 진리마저 부정하는 시대로 변질됐다. 결혼이 아니라도 젊은 남녀가 만나는 환경이 자유로워지고 양성평등으로 사회진출 기회가 일반화되면서 나타난 현상이기도 하다.

그러니 신생아 출산은 줄어들고 상대적으로 고령인구는 늘어나고 있는 것이다. 때문에 국방을 위한 병력자원과 산업현장의 동력자원이 줄어들고 있다. 국력에 위기가 닥치고 있다. 피임제나 기구들을 무제한 얻을 수 있게 되면서 여성들의 임신부담은 줄어들고 반대로 성性의 자유의식을 높여준 영향이 커졌다.

이제 인간존중의 시대, 이웃존중의 시대는 붕괴되고 반려동물에 대한 가치순위가 부모봉양 순위를 앞지르고 있다. 급속하게 발전한 문명과 풍요가 삶의 질을 높였다지만, 이웃 간의 정은 점점 더 멀어지고 있다. 자칫 부도덕한 인간사회의 무질서가 '부메랑'되어 더 큰 해악으로 돌아올 수 있다는 우려도 커지고 있다. 이젠 변화가 다시 변화돼야 한다.

(2019. 9. 12)

세상에 남긴 당신의 이름

"ㅇ태형님께서 이름만 남겨놓고 세상을 떠나셨습니다."

경북 왜관(倭館)에서 친구 조ㅇ태의 동생이 내게 보내온 부음(訃音)메시지다. '아하! 이 친구도 기어이 세상을 떠났구나.' 가슴 한쪽이 휑해진다. 대구 ㅇㅇ병원에 문병 다녀 온지가 한 달 조금 지났다. 뼈마디 앙상해진 손으로 내 손을 꼭 잡고 뚫어지게 바라보며 눈물 주르르 흘리던 처연한 눈빛이 선하다.

옛말에도 세월을 이기는 장사는 없다고 했다. 내 나이도 어언 산수(傘壽)에 들었다. 이름만 남겨놓고 세상을 뜬 가까운 친구가 올해 들어서만 벌써 네 명째다. 손가락 끝이 아려온다. 늙도록 허물없이 서로가 이름을 불러댈 수 있는 막역한 친구들이 하나 둘씩 세월에 밀려 세상을 떠나가고 있다. 세월은 곧 우리의 탄생이고 삶이며 죽음이다. 나이 들면서 우리가 가장 많이 쓰는 말이 세월이고, 일생을 살면서 가장 많이 부르는 게 이름이다.

어느 날 세상에 태어나 이름 석 자 호적부에 적어놓고 살다가, 어느 날 다시 세월 따라 소멸하는 게 인생이 아니던가. 이렇듯 세월은 모든 존재의 시작이고 끝이다. 인생의 희로애락과 영고성쇠도 곧 세월 속에 있다. 이름만 남겨놓고 세상을 떠난 친구 부음에 뿌연 미몽迷夢의 사유가 하염없이 엉클어진다.

'ㅇ태'와 나는 군대시절 강원도 김화 산골, 새벽마다 북한군의 방송소리가 적막을 깨는 최전방 부대에 배속되어 같은 천막 속 내무반 생활을 했던 60년 지기知己다.

지난 연초까지도 서로가 왕래 길에 대전, 대구를 들고나며 얼굴을 보고 헤어지던 친구다. 세월은 인연을 이어놓기도 하고 갈라놓기도 한다. 4계절은 윤회해도 세월은 직진뿐이다. 올해도 벌써 하늬바람이 스쳐온다. 나도 떠나야 할 임계점에 가까워졌음인가. 살아온 날들을 조용히 되돌아본다. 무엇을 위해 살았고 무슨 보람을 거두었으며, 또 어떤 이름을 남기며 살았는가?

우리들 삶은 곧 세상에 이름 하나 남기고자 하는 경쟁이다. 친구 'ㅇ태'도 작은 사업체 하나 가지고 모자람 없이 살았지만 결국 세월을 이기지 못한 채 그렇게 떠나갔다. 이정표는 말이 없지만 인생의 운명을 알리는 세월은 내게도 어렴풋이 손끝에 와 닿는다. 이곳저곳에서 부대끼고 시달린 생활로 단련된 의지가 남다르리라는 자존심도 오만이었다.

갑자기 카톡 신호음이 예리하게 운다. 전화기를 열어보니 옛날 직장에서 함께 일하던 친구다. 누구나 늙어지면 회심해지는 모양이다. 황혼 역驛에서 다시 돌아갈 수 없는 옛날을 그리며 회한의 옛 시조

한 수를 띄웠다는 것이다.

한 손에 막대 잡고, 또 한 손에 가시 쥐고/ 늙는 길 가시로 막고/ 오는 백발 막대로 치려했더니/ 백발이 제 먼저 알고/ 지름길로 오더라.

고려 때 학자 우탁禹倬이 읊은 탄로가嘆老歌다. 늙어짐을 한탄하는 절창絶唱이다.

오가는 세월을 어느 힘, 어느 권력이 막고, 또 어느 학문, 어느 지혜가 막으랴…. 나도 벌써 환갑還甲, 고희古稀, 산수傘壽까지 차례대로 짊어진 세월의 무게를 견디지 못해 급기야는 척추협착증 디스크에 고혈압, 당뇨, 전립선비대증, 어지럼증까지 겹치는 종합병원이 됐다.

사람마다 일생의 한계는 다르다. 누구는 요절하고 누구는 장수한다. 냉엄하다지만 신은 인간들에게 엄청난 특혜를 주었다. '살고 싶은 대로 능력껏 살아보라'는 듯, 누구에게도 한계수명은 정해주지 않았다. 때문에 사람들은 백년도 못 사는 주제에 천년의 욕심을 짊어지고 허둥대기 예사다.

세월의 진실은 무량무한이다. 그래서 삶과 죽음은 모든 신앙의 주종이념이기도 하다. 하지만 어느 종교이념도 세월의 섭리를 뛰어넘을 수는 없다. 석가도 예수도 세월 속에 낳고, 세월 속에 죽었다. 유아독존을 자랑하던 명현 석학들도, 산천초목을 뒤흔들던 권세나 지혜도, 또 세상에 부러울 것 없던 부귀영화도, 모두 세월 속에서 그 이름들이 오고 갔다.

오늘도 도하都下신문들마다 부음訃音란에는 죽은 사람들의 이름이 빼곡하게 기록되고 있다. 어제까지도 오늘을 살기 위해 그토록 갈구渴求하던 이름들이다. 그 이름들이 바로 내일 내 이름일 수도 있으니 놀랄 일도 아니고 부정할 일도 아니다. 시계의 초침 소리가 쉼 없이 들려주는 세월의 진실, 우리는 얼마동안 살았느냐보다 어떤 이름으로 살았느냐가 중요하다.

세월이 흐른 자리에는 반드시 명예라는 삶의 자국이 남는다. 이름이 빛나는 사람들은 역사가 증거한다. 따라서 불명예의 수치도 역사에 남는다. 이름은 특정인을 지칭하는 한낱 부호가 아니다. 실체를 대신하는 소중한 고유명사다. 아등바등 살아온 우리의 인생본질도 결국은 이름 석 자 남기기 위한 것이다. 누구에게나 생명은 유한하지만 명예는 무한하다.

지금도 늦지 않았다. 가는 세월 탓하기 전에 어떤 이름을 가꾸어 놓았는가, 조용히 되돌아볼 일이다.

(2018. 10. 18)

찾아낼수록 깊어지는 '왜'

'왜'라는 단음單音의 단어는 문법상 부사副詞다. 가장 짧은 언어로 가장 긴 화두를 갖고 있다. 우리의 탄생과 소멸 자체가 '왜'의 물음이다. '왜'를 곰곰이 생각해본다. 없어도 없지 않고, 있어도 있지 않다. 사방이 암흑절벽이다. 세상의 모든 궁금증을 혼자 끌어안고 있다. 우리의 일상에서 어느 것 하나도 본질적으로 '왜'아닌 게 없다. 저게 뭐지? 왜 나한테 그러지? 왜, 무슨 일 있어? 믿음 없는 불신의 언어가 바로 '왜'에서 시작된다.

무엇 때문에, 무슨 이유로, 어째서 등…, 인간 존재의 의미도 '왜'다. 석학들은 말한다. "인간은 '왜'라는 의문 때문에 발전해서 문명의 시대까지 왔다. 인간들에게 만약 '왜'라는 의문이 없다면 발전도, 삶도 멈춘다."고 했다. 그만큼 '왜'는 항상 많은 생각과 많은 고민, 궁금증을 끌고 다닌다. '왜'는 모든 것을 품에 안고 감추려 한다. 단서 하나라도 쉽게 드러내려 하지 않는다. '왜'가 삶의 발전을 끌고다니고, 또 인간사회가 '왜'에게 끌려 다닌다.

누구나 '왜'를 추구하는 것은 미래를 지향하는 삶의 근본이다. 모든 석학들의 연구목표도 '왜'를 찾아내기 위함이다. 오늘의 문명도 '왜'에서부터 출발한 것이다. 프랑스의 수학자 데카르트는 "나는 생각한다. 고로 존재한다."고 했다. 서로가 분야는 다르지만 연구하는 모든 석학들의 궁극적 사명은 '왜'를 찾아내는 것이다.

사물을 관찰하고 연구하고 생각할수록 '왜'는 더욱 깊어지고 두터워지고 무거워진다. 그렇기에 '왜'는 항상 불신과 믿음을 넘나든다. 때문에 '왜'의 힘은 더욱 강하다. 군중들의 감정을 결집시키기도 하고 폭발시키기도 한다. '왜' 속에는 희망이 있고 절망도 있다. 항상 마음속에 '왜'가 많은 사람일수록 번뇌와 걱정도 많다. 세상을 항상 '왜'라는 눈초리로 본다. 글 쓰는 사람들의 생각도 예외는 아니다.

글 속에서 '왜'가 없을 때는 문장의 생명력도 없다. '왜'는 사물에 대한 인식방법이고 절차다. 때문에 '왜'는 저항적 측면도 있고 포용적 측면도 있다. 희로애락이나 생사고락에서 빼어놓을 수 없는 게 바로 '왜'다. 일상 속에서 '왜'만큼 영향력이 큰 단어도 없다. 단순 부사의 영역만이 아니다. 삶의 고민과 번뇌가 모두 '왜' 속에 들어있다.

치밀하게 뒤져내는 첨단과학에서 무한의 추궁을 당하면서도, 또 연구하는 석학들의 매서운 논리에 피할 수 없는 경지까지 끌려 다니면서도 '왜'는 여전히 심오한 내면을 감추고 있다. 아무리 파헤쳐도 찾아낼 수 없는 우주의 섭리가 그렇고, 억겁의 세월이 흘러도 변함없는 진리의 본질도 그렇다.

연구실에서, 실험실에서, 또는 조사실에서 때로는 법정에서, 수많은 언론기관에서, 또 패거리들의 정쟁이 소용돌이치는 국회 청문회장에서까지 혹독한 공세에 두들겨 맞고 휘청대면서도 더욱 철저하게 동여매는 게 '왜'의 정체다. 발칙한 정체는 어쩔 수 없이 꼬부라진(?) 운명의 '왜'일 수밖에 없다.

누구라도 답답한 일에 부닥치면 우선적으로 지목하는 게 '왜'다. 무엇 때문일까? 어째서 그럴까? '왜' 그리 까다로운가? 어찌 그리 괴팍스러운가? 어찌 그리 고분고분함이 없는가? 매사 모든 걸 꼬부라지게(?) 보고 삐뚤어지게 생각하고…, 어느 것 하나도 평범하고 예사로운 게 없으니 말이다.

온갖 상상력, 추리력까지 동원해 가면서 '왜' 하나 찾아내기 위해 그토록 궁상을 떨다보면 '왜'에게 매달린 사람들까지도 '왜' 속으로 함몰되고 만다. '왜'일까? 의문 속에만 사로잡혀 사는 사람들…, 창백한 얼굴빛, 앙상한 손마디, 그리고 안경 속 깊은 눈자위에 몽롱하게 맴도는 번뇌…. 연상聯想만으로도 '왜'라는 정체는 섬뜩해질 때도 있다.

언제, 어디서, 누가, 무엇을, 어떻게, 왜…, 모든 것을 육하원칙六何原則으로만 따지려드니 '왜'가 숨기고 감출 여유나 빈틈도 없다. 그럴수록 감시하고 경계하는 각박한 세상이니 '왜'의 정체는 더욱 궁금하다. 정치나 통치도 구석구석에 묻어놓은 '왜' 때문에 시비가 끊이지 않는다. 툭하면 '왜'를 찾기 위해 '왜'가 동원되는 불신세태….

그래서 '왜'는 날이 갈수록 더욱 당당해지는지도 모른다. 생각해보면 우리가 사는 것 자체가 '왜'를 찾아내기 위한 경쟁이다. 누가 먼저 찾느냐가, 바로 누가 먼저 성공하느냐다. 우리는 '왜' 속에 얽매여 '왜' 때문에 살고 또 '왜' 속에 묻혀 죽는다. 세상사 어느 것도 '왜'라는 질문에서 자유롭지 못하다.

태초부터 '왜'는 영원한 화두다. 과연 천당과 지옥은 존재하는가. 정말 재림이나 부활은 가능할까. 동서고금 많은 명현 석학들도 '왜'의 틀을 벗어나지 못했다. 그동안 '왜'의 정체를 숱하게 벗겨냈지만 그럴수록 '왜'의 범주는 더욱 늘어나 두터워지고, 무거워지고, 깊어지고 있다. '왜'는 차원 높은 형이상학形而上學이다.

어느 명현 석학도, 어느 신앙종파도 '왜'라는 의문 하나 풀어내지 못한 채, 허구한 날 행복 사랑 평화 정의 양심 진실 등의 논리에만 매달려 천당 지옥 영생 부활 재림만 외쳐대고 있다. 지금도 우리시대는 '왜'라는 의문점 캐내기 경쟁이다. 누가 어떤 연구로 '왜'라는 과녁에 적중할 수 있을까.

'왜'의 윤회는 삶의 윤회만큼이나 멈추지 않고 있다. 무량한 의문은 역시 '왜'다.

(2018. 9. 13.)

공짜 세월이라고?

살면서 누구나 공상 한두 번씩 안 해본 사람 없을 것이다. 내가 만약 인생을 다시 살 수만 있다면…, 나에게 청춘이 다시 돌아온다면…, 내가 만약 권력을 잡는다면…, 또 일확천금 로또 복권이 당첨된다면…, 등등 뜬구름이듯 부질없는 공상들이 제 맘대로 모여들고 흩어지기 일쑤다. 때로는 공상에 몰입되어 밤잠을 설칠 때도 많다.

누가 말했던가. 생각은 자유라고…. 어림도 없는 허튼 생각들…. 나이 탓인가, 세월 탓인가? 젊은이들의 공상처럼 미래적이고 희망적이며 생산적인 공상이 아니다. 대부분 젊었을 때 잘못 살아온 후회와 아쉬움의 상념들이다. 세월 속에는 삶과 죽음이 공존하고 보람도 실망도, 인생 삶의 모든 가치가 흘러온 세월 속에 있다.

그래서 공상은 무한의 사유思惟가 된다. 내가 살아온 세월의 의미는 무엇일까, 한때 나도 젊었었는데… 또 10년 뒤에 내 인생은 어떻게 될까? 세월은 어디서 오고, 어디로 가는가? 세월은 정말 가고 오는 것인가? 때로는 '공짜세월'을 기다리는 철없는 공상까지도 달려든다.

음력은 3년마다 윤달을 기록한다. 올해(2017년)는 음력 5월이 두 달이나 된다. 양력 6.24~7.22까지 한 달은 음력으로 윤달閏月이다. 1년을 12개월로 기준한다면 올해의 음력은 13개월이나 된다. 무려 1개월이 공짜 세월이다. 세월의 종류가 양력과 음력 두 가지인가?

순간도 빈틈없는 세월의 섭리가 음력과 양력으로 갈라져 경쟁하는가. 어쩌자고 한 달씩이나 '공짜세월'을 '퍼주기'하고 있을까. 양력 세월은 빈틈없이 꼼꼼하고 음력세월은 후덕厚德하다는 의미인가. 곰곰이 생각해본다. 한 달이 공짜라…. 어찌 일확천금을 거머쥐는 로또 당첨 행운에 비기랴.

순간이라도 더 살기 위해 그토록 발버둥치는 인간들의 욕심을 헤아린 신神의 배려인가. 아니면 시달리는 백성들의 안타까움을 헤아린 섭리의 포상褒賞인가. '윤달'이란 이름으로 3년마다 한 달씩이나 세월을 제자리걸음 시키고 있으니, 그 가치를 어떤 산술로 환산하랴.

만약 우주의 섭리가 착하고 어진仁임금이나, 어진 백성들에게는 3년마다 한 달씩 더 살게 해주는 보상의 세월이 있다면, 이 세상엔 온통 착한 사람들로 넘칠 것이다. 달력을 짚어가며 셈해 보지만 아둔한 졸부에겐 세월에 대한 공상만 더 무거워질 뿐이다. '3년마다 한 달씩 공짜세월?'

마치 어느 상조회사에서 뿌려대는 호객광고 같다. 도대체 윤달은 왜 생겼을까? 그 정체가 궁금하다. 해도 달도 똑같이 뜨고 진다. 모두 똑같은 세월인데 양력세월과 음력세월의 차이는 왜 생기는 것일까. 원래 세월은 하나이건만, 영악한 인간들이 언제부터인가 세월을 1년 12달, 365일로, 또 하루를 24시간씩, 시時분分초秒 단위까지 토막 내어 농단하는 과정에서 발생된 산술착오일 것이다.

달의 궤도를 기준으로 계산한 세월은 음력이고, 해의 궤도를 기준으로 계산한 세월은 양력이라고 한다. 똑같은 세월을 기록하면서도 양력陽曆은 윤달이 없다. 세월의 속도가 음력과 양력이 다른가? 윤달에도 세월은 똑같은 속도로 멈춤 없이 흐르건만…. 봄, 여름, 가을, 겨울 4계절은 어김없이 윤회輪回한다.

세월은 시작도 없고 끝도 없는 무한무량의 하나다. 음력도 양력도 사람들이 갈라놓은 것일 뿐, 무색 무형의 세월은 섭리도 하나고 진리도 하나다. 오로지 한길, 미래로 직진直進할 뿐이다. 세월은 잠시도 멈추거나 역류하지 않는다. 윤달은 공짜 세월이라고? 조물주가 허허 웃을 일이다.

산야의 목초들이나 땅속의 미물微物들은 달력이 없어도, 시계가 없어도 세월의 순리를 스스로 깨닫고 안다. 양력 음력을 따지지 않고 잎 피울 때 잎 피우고 꽃피울 때 꽃피운다. 또 우지질 때 우지진다. 달력이 없어도 시계가 없어도 갈 때가 되면 가고, 올 때가 되면 온다. 4계절 영락없이 리듬을 맞춘다.

'윤달'은 헛된 욕망과 공상에 취해 살고 있는 인간들에게 반성의 기간일 수도 있다. 그동안 살면서 잘못된 죄업을 깨닫고 회개하도록 만들어진 기간인지도 모른다. 불가에서는 "살아오면서 못 다한 공덕을 실천하는 달"로 삼기도 한다.

"일 년 12달 매 월별로 인간의 길흉사吉凶事를 담당하는 신이 있으나, 윤달에는 담당하는 신이 없다"는 전설이다. 그래서 '윤달'은 신의 감시監視와 규제規制에서 인간들이 해방되는 달이다. 때문에 윤달은 한 달 내내 액운 걱정이 없는 마음 가벼운 길일吉日이다. 결혼 이사 천묘 등 인간의 어떤 애경사哀慶事도 택일 없이 아무 날이나 자유스럽게 치를 수 있는 달이다.

양력 세월은 올해도 벌써 6월을 넘어 7월로 달리는데 음력 세월은 왠가 '윤달'이란 이름으로 또다시 5월을 시작하고 있다.

(2017. 7. 2.)

누가 세월을 산술하랴

꽃샘추위가 몽니 부리던 날 적막삼경이다. 창문 흔들어대는 바람 소리에 잠에서 깨어나 몰려든 공상들과 씨름을 한다. 무심했던 사유 한 가닥이 번쩍 정수리를 스친다.

'계절은 새 생명의 영혼들이 술렁대는 봄철 초입인데 네 삶은 이미 낙조 짙은 석양의 절벽에 서 있음'을 깨달으라 한다. 마음 추스르고 앉아 공상들 달래가며 살아온 세월을 조용히 산술해 본다. 무엇을 쌓았고, 또 무엇을 허물었는가?

어느 시인의 말이 떠오른다. "호주머니 속에 용돈이 얼마 남지 않았음을 깨달은 후에서야 비로소 그동안 마구 써댄 낭비를 후회한다고…." 이제야 허송한 세월을 깨닫고 뉘우치지만 이미 '석양의 절벽'이다. 낭비한 돈은 결심하고 노력하면 다시 모을 수 있다지만, 인생 낭비 세월낭비는 어떤 지혜로도, 어떤 계략, 어떤 산술로도 다시 채울 수 없으니 말이다.

무지몽매無知蒙昧하게 살았다. 지나간 세월은 촌치도 되돌릴 수 없다. 후회도 한탄도 허공의 메아리다. 모아둔 삶의 명세표를 펼쳐놓고 살아온 세월을 산술해 보지만, 빼기를 해도 더하기를 해도 답은 똑같다. 계산은 끝났다. 세월을 낭비한 사람과 아껴 쓴 사람의 인생은 천양지차天壤之差다. 같은 날 같은 시간, 같은 조건에서 똑같이 출발했어도 누구는 성공하고 누구는 실패한다. 어찌 내 경우뿐이랴….

원인은 자명自明하다. 숨길 수도 없고 감출 수도 없다. 근면과 태만은 삶의 가치와 인격의 위상까지도 달라지게 만든다. 내 삶의 종착역은 이미 시계視界안에 들어오기 시작했다. 앞으로 얼마 남지 않았다. 정년이란 이정표를 지난 지도 벌써 오래다. 인생 내리막길엔 브레이크도 안 듣는다. 이미 가속도加速度까지 붙었다. 뉘우치고 반성해도 때는 늦었다. 복구復舊할 시간이 없다.

인생 여정 어언 82개 성상星霜을 통과했다. 흔히들 비우면서 살라지만 범부凡夫 졸부拙夫에게는 비울 것도 없고 채울 것도 없다. 무엇을 비우고 무엇을 채운단 말인가? 인생길을 동행해온 그림자도 아무 말이 없다. 공동체라는 대열에서 내 이름 석 자는 이미 지워졌다. 인위적人爲的인 제도制度 이전에 세월의 섭리다.

삶의 현장에서 짊어졌던 책임도 의무도 권리도 이젠 모두 내 몫이란 없다. 지키기 위해 그토록 발버둥쳤던 자존심까지도 몽땅 집어치웠다. 마음속에 남아 있는 건 바람 불면 날아 가버릴 빛바랜 회억回憶 한 줌뿐이다. 주변에서는 은퇴隱退했다고 말한다. 언뜻 듣기엔 해방된 듯도 하고 홀가분해진 것 같기도 하다.

그러나 막상 은퇴자란 명찰을 달고 거리에 나서보면 서글픈 단어

임을 실감케 한다. 스치는 바람부터가 차다. 퇴직의 의미와도 또 다르다. 가치가 소진된 잉여剩餘인간이다. 어디에도 내 자리가 없다. 가을바람에 뒹굴어 다니는 낙엽이다. 공존해야 될 가치와 구실이 없어졌다. 나이 들면 가정에서도 소외되기 예사다. 양로원이나 요양원 같은 곳으로 밀려나기도 한다. 측은한 퇴진이 곧 은퇴다.

　　세월은 시작도 없고 끝도 없는 영원이다. 그러나 인생은 시작과 끝이 분명한 유한의 존재다. 세월과 인생을 비유하는 것 자체가 무지다. 세월은 형체도 없고 색상도 없으면서 만물의 존재를 지배한다. 유무나 시종이 모두 세월 속에 있다. 모든 존재의 운명은 세월 속에 한정돼 있다. 빈부귀천이나 지위 고하를 가리지 않고 공평하다. 태어나는 순간부터 누구나 죽음을 향해 달린다.

　　일생의 수명은 사람마다 다르다. 태어날 때부터 신과의 약속이다. 요절하는 사람도 있고 장수하는 사람도 있다. 다만 죽을 때까지 어떻게 살았느냐, 살고 간 자리에 무엇을 남겼느냐, 계산서 차이뿐이다. "아름다운 사람은 머문 자리도 아름답다."고 했다. 공중화장실에 붙어있는 표어이기에는 아까운 말이다.

　　머물렀던 자리에 나이테 하나도 남기지 못했다. 어찌 세월을 탓하랴. 세월의 가치를 깨닫고 살아온 사람에게는 반드시 이름표를 세워주는 게 세월의 진실이다. 최근 어느 신문에서 100세 나이에도 강연을 다니는 노학자老學者의 기사를 읽었다. 김형석金亨錫 (연세대) 명예교수의 얘기다.

김 교수는 1920년생이다. 얼마 전에는 살아온 세월, 한 세기를 엮어 ≪백년을 살아보니≫라는 산문집도 펴냈다. 나이를 뛰어넘는 '현역정신'이 존경스럽다. 보약을 먹어서도 아니고, 신기神氣를 가진 것도 아니다. 촌치의 시간도 낭비하지 않고, 순간들 모두가 생명이듯 아껴 산 것뿐이다.

삼경에 홀로 앉아 내가 살아온 세월을 다시 산술해 본다. 일생은 하나뿐이다. 답은 똑같다. 살아온 세월은 많고, 살아갈 세월은 적다. 허무虛無의 사유만 수북이 쌓인다. 거센 봄바람이 아직도 요란스럽게 창문을 흔들어댄다. 누가 세월을 산술하랴….

(2020. 3. 12)

오늘도 스치는 바람

"내 님은 바람이련가/ 스치고 지나는 바람/ 오늘도 잠 못 이루고 어둠속에 잠기네…,"

한 시대를 들뜨게 했던 대중가요 〈바람 바람〉의 한 구절이다. 억압을 떠나 자유로움만 춤추는 영혼의 바람…. 바람은 눈으로 볼 수도 없고 손으로 잡을 수도 없다. 그러나 어느 누구도 바람의 존재를 부정하고 거부할 수가 없다.

폭풍우 몰아치는 초록빛 광야에서도 일렁이고, 때로는 산사山寺 처마 끝에 매달린 명경을 흔들어대며 유유자적悠悠自適 부처님과도 노닌다. 가슴 뻥 뚫린 방패연을 하늘로 올리고, 매무새 허술한 아가씨 속치마도 뒤집어 부끄러움을 주는 심술꾼이기도 하다. 안 가는 곳도 없고 못 가는 곳도 없다. 모르는 이도 없고 또 아는 이도 없다.

바람의 정체…. 임으로도 비유되고 영혼으로도 비유되는 바람은 쉼 없이 가고 오며 세월을 관통한다. 억겁을 스치는 바람은 오늘도 불어댄다. 음흉한 모략도 없고 교활한 계략도 없다. 좌우이념의 편향된 갈등도 분쟁도 없으며 못 넘을 경계선이나 국경선도 없다. 바람의 세상은 양심이고 정의다. 누가 막아도 오로지 제 길만 가고 온다.

때로는 양철지붕을 들썩대며 허술함을 호통 치고 초가집 처마 끝에 매달린 어린 아기 기저귀도 흔들어 사랑을 전한다. 무당집 문간 장대 끝에 매달린 초혼招魂의 깃발도 흔들어 영혼을 불러내기도 한다. 바람은 항상 움직이는 실체다. 어느 문장가는 "사람이 산다는 것 8할은 바람"이라고도 했다.

누구나 일생을 살면서 필연적으로 반복되는 게 희로애락이듯, 삶의 주변엔 언제나 크고 작은 바람이 쉼 없이 스치게 마련이다. "바람 잘 날 없다"는 속담은 그냥 속담이 아니다. 인생은 모두 바람 속에 살고 바람 속에 죽는다. 들리지 않는 언어이고 볼 수 없는 실체지만 바람은 부침浮沈을 반복하는 흥망성쇠다.

크고 작은 바람, 차고 더운 바람은 무한한 변화이면서 하나도 위선이 없다. 바람은 누구에게나 공평한 소통이고 열려있는 통로다. 닫아놓은 문틈 사이까지 용케 스며들어 귀천貴賤 가림 없이 골고루 살피고 모두 함께 나눠준다. 옛날 우리들의 어머니는 긴긴 밤 문풍지 울어대는 겨울바람 소리 들으며 한恨으로 응어리진 인고의 세월을 물레질로 감아내곤 하셨다.

상하 좌우 전후 차별이 없다. 사실과 진실만을 전하고 알린다. 권력도 무섭지 않고 재력도 부럽지 않다. 바람은 서정적抒情的존재다. 많은 선객仙客들이 글로 쓰고, 시詩로 읊고, 노래로 부른다. 사계절을 스치는 풍경이고 낭만이고 환상이며 무한한 사색이다. 때로는 사랑과 증오가 공존하기도 한다.

사랑을 헤프게 뿌려대는 '바람쟁이' 뒤엔 으레껏 서릿발 돋는 여인의 증오가 따른다. 권세 높던 집권당執權黨의 방백方伯들도, 국가권력의 실세들도 한 가닥 미 투(Me Too)라는 바람에 추락했다. 가슴 한복판을 밀고 나서는 '바람꾼'은 거의가 사랑과 증오로 뒤엉킨다. 우리는 누구나 한두 번쯤은 바람의 추억을 갖고 있다.

그래서 바람은 모두의 임이기도 하고 벗이기도 하며, 또 영혼이기도 하고 무한의 사유思惟이기도 하다. 생명과 공존하면서도 시공을 초월한다. 우주공간에 가득하지만 작은 바람 한 줄기도 개인의 소유를 거부한다. 자유자재로 주유천하周遊天下하면서 삼라만상의 존재를 살핀다. 또 분명한 질량의 원칙도 있어 지나치면 터지고 부족하면 질식하게 만든다.

오대양 육대주를 통째로 흔드는 힘은 '태풍'이란 바람뿐이다. 광풍狂風은 수백 년 수령樹齡의 괴목槐木도 신목神木도 단숨에 뽑아 내동댕이치고 집채까지도 날려버린다. 무한한 자유를 상징하지만, 혼자만의 욕심은 한사코 부정한다. 바람은 적도 없고 친구도 없다. 또 한정된 영역도 없고 행동규제도 없다. 총검이 번득이는 삼엄한 국경선을 사계절 무상으로 넘나든다.

가다가 멈추고, 멈추었다 소용돌이치고, 다시 또 모르는 척 태연하게 스쳐 가는 바람…. '바람 잘 날 없는 인생'의 실체가 바로 바람이 아니던가. 성공하는 바람, 실패하는 바람…. 바람은 거짓이 없다. 허상은 무너뜨리고 진실은 드러나게 한다.

올해는 지방선거의 해다. 벌써부터 곳곳에서 선거바람이 요동친다. 민심은 바람이 되어 표심으로 넘나든다. 자연의 바람은 기압氣壓 따라 흐르지만, 표심으로 뒤엉킨 선거바람은 권력과 오만, 독재와 위선, 부정부패에 저항하고 역류하고 심판한다. 진실과 정의, 양심 따라 흐른다. 형상은 없어도 지난 자국은 분명하다. 민심은 바람과 공존하는 천심이다.

때문에 선거바람 끝에는 반드시 변화가 따르기 마련이다. 억제된 욕망도 가슴에 맺힌 울분도 선거 때는 모두 바람이 된다. 한 순간도 정지된 바람은 없다. 바람은 정처가 없다. 떠남도 익숙하고 만남도 낯설지 않다. 자기 일에 몰두하는 사람을 가리켜 '신바람 났다'고 한다. 신바람은 나를 잊게 하는 바람이다. 누구나 신바람은 삶의 목표이자 희망이다.

바람은 항상 떠남과 만남으로 바쁘다. 세상 모두가 내 이웃이고 내 친구들이다. 오는 길도 못 막고 또 가는 길도 못 막는다. 오라는 곳은 없어도 가야 할 곳은 많다. 어디서 누굴 만나도 진실이기에 당당하다. 주저함도 없고 머뭇거림도 없다. 바람이 있기에 세상이 존재하고 우리가 존재한다. 그래서 삶은 곧 바람이다. 오늘도 스치는 바람….

(2018. 3. 5)

무산스님, 적멸寂滅에 들다

하루라는 오늘/ 오늘이라는 하루에// 뜨는 해도 다보고/ 지는 해도 다 보았다// 더 이상 볼 것 없다고/ 알 까고 죽은 하루살이 떼…// 죽을 때가 지났는데도/ 나는 죽지 않았지만// 그 어느 날// 하루도 산 것 같지 않고 보면// 천년을 산다 해도/ 성자는 아득한 하루살이 떼…

별칭 설악산 산주山主로 불리는 대종사大宗師 무산霧山스님의 시조 〈아득한 성자〉 전문全文이다. 행간마다 흐르는 심오한 수행자의 법맥法脈이 서늘하고 법향法香이 그윽하다.

오늘(2018.5.26.) 아침 신문마다 무산(86)스님의 입적入寂 부음訃音이 실렸다. 나는 무산스님을 한 번도 만나 뵌 적은 없다. 그러나 평소 즐겨 읽는 스님의 글 속에서 이 시대에 드문 올바른 중僧의 선풍禪風에 감동하고 마음으로 존경해왔다. 요즘 법도法道에서 탈선하는 중들이 많다. 일부는 부처 앞에 이름만 걸쳐놓은 직업 중, 정치 중, 또는 안거수행安居修行 한 번 하지 않은 탤런트 중도 있다. 산사에 앉아 거드름 떨며 부처이름 팔고, 신도들 숫자 팔아 이권에 편승하고 권력에 편승해서 염불보다는 잿밥만 챙기는 사이비 중도 있다.

"삶의 즐거움을 모르는 놈이 / 죽음의 즐거움을 알겠느냐…"고 읊은 시구詩句처럼 무산스님은 무장무애無障無礙, 무상무념無想無念 속에서 평생을 오로지 불심에만 묻혀 중처럼 살다가 중처럼 깊은 산속으로 드셨다. 아무 욕심 없이 공수래공수거空手來空手去의 진실을 실천한 중답게 서방西方십억만 리 머나먼 불국정토佛國淨土, 적멸궁寂滅宮의 길로 떠나셨다. 부디 명복冥福을 기원합니다.

무산스님은 인생을 달관한 시조시인時調詩人이었다. '조오현'이란 속명俗名으로 시조 시단詩壇에서 활동한 불교계 유일의 시객詩客으로 이름을 남기셨다. 스님의 시조는 선禪으로 가는 길목에서 운명적으로 만난 속俗의 언어이자, 승맥僧脈 지키기에 평생을 몰두한 자기 정진精進, 자기 수행修行의 외길이기도 했다. 그는 항상 "시詩와 선禪은 하나〈詩禪一如〉"라고 일컫는 불멸의 명문銘文도 남겼다.

수도자의 마음이듯 그의 시조에는 잡심雜心이 없다. 부처의 길 외에는 아무것도 곁눈질한 흔적이 없다. 행간마다 수도승의 기구祈求가 서늘하다. 오로지 자등명自燈明 법등명法燈明의 진리만 높이 쳐들고 부처의 길만 걸었다. 평소 무산스님은 "나는 떨어진 중落僧"이라고 스스로를 채찍하며 종교인을 뛰어넘는 해탈의 언행도 언론에 보도된 적도 있다.

무산스님은 승가의 기인이며 도인으로 행적을 남겼다.

밤늦도록 책을 읽다가/ 밤하늘을 바라보다가/ 먼 바다 울음소리/ 홀로 듣노라면/ 천경千經, 그 만론萬論이/ 모두가 바람에 이는 파도란다.

89년도 낙산사落山寺에서 주석主席으로 정진하던 무산스님의 오도송悟道頌이다.

무산스님은 바람에 이는 동해 바다 파도소리를 천경千經 만론萬論이듯, 마음에 새기고, 사바세계 중생들의 숱한 삶의 소리들을 부처님의 경전經典이듯 흘려듣지 않았다. 오로지 불심만 진실로 삼아 중다운 중으로 불편부당不偏不黨하게 살다가 신록이 우거지는 자연의 향香 그윽한 날, 설악을 지키던 중답게 무욕無慾의 길…, 영원한 설악의 길로 가셨다.

무산스님은 만해卍海사상을 알리고 전승하는데 평생을 바쳤다. 대한불교 조계종의 종지宗志를 지켜 충실하게 행行하고, 만해 한용운韓龍雲 선사의 민족 자주정신과 문학사文學史적 업적을 되살려 우리 시조時調문학 창달에 삶을 바친, 근래 보기 드문 불교계의 고고한 선승禪僧이자, 학승學僧이며, 시승詩僧이었다.

권력싸움, 당파싸움, 이념싸움, 이권싸움 등 범부 속인들처럼 추태에 매달려 해이解弛돼 가는 불가의 대중들에게 참선수행의 올곧은 법맥法脈을 진작시키는 일에 스스로 앞장서 실천하였다. 운명을 예견했던 어느 날엔 "천방지축/ 기고만장/ 허장성세로 살다보니/ 온몸에 털이 나고/ 이마에 뿔이 돋는구나,/ 억!"이란 불후의 임종게臨終偈도 남겨, 법맥 지키는 승려로서, 또 문학인으로서 어지러운 시국과 세태를 혜안의 눈초리로 매섭게 질타했다.

사람은 누구나 죽는다. 만물의 존재는 모두가 생성과 소멸이다. 석가도, 예수도, 또 무산도 그렇게 그 길로 왔다가 그 길로 갔다. 누구에게도 내일이란 없다. 무산스님은 내일에 욕심 내지 않았다. 오로지 오늘을 위해 진실을 다했다. 내일은 살 수 없는 허상虛像의 날임을 일찍이 깨우쳤다.

80넘은 고령에도 하안거 동안거 때마다 화두 하나 짊어지고 독방獨房 절식絶食하며 가혹하도록 오늘을 깨닫기 위해 수행 정진했다고 세간의 언론들이 보도했다. 처절한 수양 없이는 불도佛道에 닿을 수 없다는 혹독한 극기克己 수련修練을 실천해 승가의 후세들에게 선승禪僧의 모범을 다했다.

무산스님은 드디어 내일의 세상으로 가셨다. 천년을 살아도 닿을 수 없는 영역이 내일이다. 오로지 죽어서만 이르는 곳, 불국정토佛國淨土가 내일이다. 희망이 아무리 화려해도 오늘의 진실과 노력 없이는 내일은 허망虛妄이다. 역사는 오늘을 사는 사람들이 만들어내는 삶의 흔적이다.

유생무생有生無生의 길, '있어도 없는 삶'을 의미한다. 그러나 무생유생無生有生은 '없어도 있는 삶'을 의미한다. 설악의 승가僧家 역사에 무산스님은 영원히 살아남는다. 큰 산에 안개 어리던 날, 임종게臨終偈 한 구절만 허공에 띄워놓고 무산스님은 설악산에서 영원한 적멸寂滅의 길로 떠나셨다.

(2018. 5. 26)

머리 없는 돌부처

　무상한 게 인생의 생멸生滅이고, 역사의 영고성쇠榮枯盛衰라 했든
가…. 공주公州박물관에 가면 목이 잘려나간 돌부처가 노천露天 전시
장에 처연悽然하게 앉아 있다. 파란만장한 역사, 기복起伏의 세월 장
장 1천2백여 성상星霜…. 비참하고 섬뜩한 모습 그대로 오늘도 가부
좌 틀고 앉아 흐트러짐 없는 진실 하나 가슴에 담고 오매불망寤寐不
忘 불국정토佛國淨土를 향한 묵언참선黙言參禪 중이다.

　목 없는 돌부처…. 그 앞에 가까이 다가서면 관세음보살 나무아미
타불을 봉송奉誦하는 간절한 영혼의 소리가 환청幻聽되어 미생未生들
의 귀에까지 은은하게 들리는 듯하다. 흥망성쇠興亡盛衰를 반복해온
천년사직千年社稷의 영욕榮辱들을 모두 쓸어안고 거친 풍상에 부대끼
며 이 땅에 더 이상 불행의 역사가 없는 화음정토和音淨土의 부활을
그토록 기원하고 있다. 그 이름 여래좌상如來坐像…. 9세기경 통일신
라 때 공주 서혈사지西穴寺址에 거소居所를 두었던 기록만 가지고 있
다.

언제 누가 무엇 때문에 돌부처의 두상頭像을 쳐버렸는지는 알 수 없다. 원흉은 누구일까? 나 혼자 추측해 본다. 백제를 침공했던 나당羅唐연합군의 만행? 아니면 한때 서로 배척했던 유儒불佛 간의 신앙적 갈등? 그것도 아니면 일제日帝의 침략 식민시대 한반도 문화유산을 말살하기 위한 왜놈들의 만행? 몸통과 팔다리만 앉아있는 부처는 아무 말이 없으니 중생들은 쳐다보기조차도 황당하고 민망하다.

　두상이 없으니 당연히 이목구비耳目口鼻도 없고 자비로운 얼굴 표정도 없다. 아직도 끝나지 못한 천로역정天路歷程의 수난인가…. 아니면 광풍狂風의 역사를 제도濟度치 못한 스스로의 잘못을 뉘우치는 자학自虐, 좌정坐定인가. 저 높고 먼 창천蒼天에 무형無形의 법등명法燈明, 자등명自燈明을 매달아놓고 앉아 천경만론千經萬論으로 헝클어진 아득한 내세來歲를 향해 무장무애無障無礙, 화엄정토華嚴淨土의 진리만 기구祈求하고 있다. 관세음보살 나무아미타불….

　티끌 같은 중생衆生 조용히 합장하고 머리 없는 돌부처 앞으로 조심스레 다가선다. 미물微物의 거동이 가소로웠는가. 아니면 애처로웠는가. 잘려나간 얼굴에 빙그레한 미소가 환영幻影되어 가을빛 창천에 떠오른다. 부처의 몸체에서 자비의 광채光彩 한 가닥이 은은하게 비추고, 나긋나긋한 설법도 실핏줄을 타고 가슴속 심연까지 배어드는 듯하다.

　중생들의 답답한 오늘을 목 없는 돌부처는 몸통으로 깨닫는가. 잘려나간 돌부처의 자비스런 얼굴이 상상되어 떠오른다. 돌부처의 머리(이목구비)는 지금 어디에 묻혀, 험상스러운 역사의 질곡을 헤매고 있을까. 관창官昌과 계백階伯으로 연상되는 신라와 백제의 치열했던 전쟁역사가 창검으로 춤추는 파노라마 되어 머릿속을 휘젓는다. 학자들은 모두 그때의 소행이었을 것으로만 짙게 추정한다.

탐욕으로 얼룩진 인간들의 죄악을 부처가 어찌 모르랴. 당나라 외세를 등에 업고 백제를 침범한 신라의 역사나, 시대의 경각警覺을 깨닫지 못하고 통치왕업을 사치호사로 탕진한 백제역사 또한 오늘날 남북으로 분단, 갈등하는 후예들의 역사와 어찌 무관無關타 할까.

영혼의 법열法悅 한 가닥이 죽비竹篦되어 등짝을 친다. 깜짝 놀라 가슴에 끓던 한숨을 토해내니, 사뿐한 가을바람이 목 없는 부처님의 가피이듯, 내 마음도 조금은 가벼워져 불심 잡고 창천蒼天에 오른다. 진리는 오로지 하나뿐이라는 부처님말씀이 하늘에서 우레처럼 쏟아진다.

세상에 넘쳐나는 추문 염문, 섬뜩한 악담 험담들…, 듣고도 못들은 척 해야 할 귀라면 차라리 없는 게 낫다. 또 숱한 불륜 패륜 비리 추태 사악한 꼴불견들…. 보고도 못 본 체 감아야 할 눈이라면 가지고 있어 무엇하랴. 차라리 귀도 없고 눈도 없어 못 듣고 못 보는 게 자등명, 법등명의 진실이 아니던가.

그뿐 아니다. 온갖 갈등과 투쟁으로 살벌해진 탐욕의 칼춤에 서로가 목까지 쳐내는 포악한 역사가 한두 번이었나? 열 개라도 열지 못할 부끄러운 입은 가져 무엇하고, 음흉한 부정비리, 음해모략이 뒤섞여 온통 악취뿐인 세태에 코는 있어 또 무엇하랴…. 머리 없는 돌부처의 넋두리이듯, 한없는 사유들이 어지러운 세태 속에 수북이 쌓인다.

오죽하면 "남의 그릇된 소문을 귀로 듣지 말고, 남의 허물어진 모습을 눈으로 보지 말 것이며, 또 남의 잘못을 험담으로 입에 담지 말고, 남의 곪은 상처를 코로 냄새 맡지 말라"는 옛말도 있을까. "머리가 잘리고 이목구비가 없어도 나의 사명은 살았노라."는 돌부처의 추상같은 일갈이 환청幻聽으로 들려온다.

비록 머리는 잘려 나갔어도 넓은 가슴과 두 팔다리가 아직 남아있다. 극락왕생極樂往生에 필요하다면 그것마저도 사바중생娑婆衆生들에게 모두 보시布施하고 이 몸은 흙이 되리라…. 진리의 영생으로 승화한 머리 없는 돌부처…. 거친 풍상 피할 도량 한 곳 없어 오늘도 관가의 노천에 앉아 묵언참선 중이다.

(2017. 11. 10)

한 맺힌 보릿고개

아이야 뛰지 마라/ 배 꺼질라/ 가슴 시린 보리 고갯길…. (하략)

어느 기성 가수가 몇 년 전에 부른 〈보릿고개〉라는 노래의 가사 일부다. 곡도, 가사도 행간마다 가난했던 선대先代들의 삶과 허기졌던 한이 굽이굽이 서럽다. 문명과 풍요에 밀려나 시들해지던 이 노래를 최근 모 방송사가 기획한 '미스터트롯' 경연대회에서 초등학교 6학년 소년이 다시 불러 아이러니(irony)하게도 배가 불러 음식이 남아넘치는 시대에 새롭게 선풍을 일으키고 있다.

몸이 늙어지면 추억은 젊어진다고 했던가. 어린 시절 모질게도 배고팠던 '보릿고개' 추억이 어린 가수 노래 따라 주마등처럼 절절하게 스친다. 배고픔밖에 모르던 어린 나이에 허기진 배 움켜잡고 부모 따라 칭얼칭얼 울며 넘던 '보릿고개'는 바로 내가 넘던 인생초반의 허기졌던 가난의 고갯길이었다. 가다가 주저앉고 또 가다가 주저앉고…. '보릿고개'는 왜 그리 멀고도 험하던지….

아이는 배고파서 칭얼대고, 부모님들은 우는 어린 자식 쳐다보며 마음 아파 울던 그때의 '보릿고개' 그 길, 그 삶들…, 울컥울컥 치미는 '보릿고개'의 한이 어찌 나쁜일까. 찢어진 상처에 소금 뿌린 듯 그때 그 추억을 헤집는 어린 가수가 애절하게 불러대는 〈보릿고개〉를 듣노라면 늙어진 전후戰後 세대들의 추억은 너나없이 아파온다. 채 한 세기도 지나지 않은, 처참했던 우리의 자화상이다.

지난가을에 추수했던 곡식은 겨울나느라 모두 떨어지고, 이제 겨우 봄 냄새 맡고 푸르러지기 시작한 뙈기밭 보리농사는 아직도 한 달쯤 더 기다려야 수확이 가능한 춘궁기春窮期(3월~5월)가 바로 '보릿고개'였다. 산야山野를 헤매며 새싹 돋아나던 풀뿌리 캐고, 물오르던 나무껍질 벗겨 초근목피草根木皮로 연명하던 그때 그 세월 그 역사를 어찌 다 형언하랴.

6·25전쟁 휴전休戰 이후 처절했던 상흔의 역사 속에서 헐벗고 굶주림으로 살아온 전후戰後세대들의 한恨 많은 '보릿고개…', 영양실조로 핏기 없는 얼굴마다 마른버짐이 누더기지고, 온 몸에는 종기腫氣 부스럼 성한 곳 없이 달고 살던 어린 시절, 허기진 뱃가죽 등에 붙어 울음마저도 토해내기 힘들었던 천형의 고개가 바로 '보릿고개'였다.

삭신마저 노곤해지는 3월~5월의 날씨는 화창했다. 온천지에 봄꽃은 만발하고, 새 생명들 싱그럽게 피어나는 환희의 계절이었다. 그러나 내가 소년기에 겪었던 봄철은 무거운 가난을 짊어지고 '보릿고개'를 넘어야 했던 혹독한 춘궁기가 겹쳤다. '보릿고개'는 생각만으로도 허기지는 천형의 고갯길이었다. 가난한 서민들에겐 일 년 중 가장 배고프고 서러운 시기였다.

허기진 목구멍에 풀칠하기 힘들었던 모진 세월, 음지 계곡에서 피어나던 아까시 꽃도 배고픈 중생들에겐 식량이었다. 학교 끝내고 집에 돌아오면 먹을 것이 없어 뜰 안 샘물 한 두레박 퍼마신 후, 밭둑 건너편 계곡으로 달려가 타래지어 피어난 아까시 꽃 따 들이기에 바빴다.

가시에 찔리고 긁히며 어린 손등에 핏방울 맺히도록 따 들인 아까시 꽃에 거친 밀가루 버무려 무쇠 솥에 쪄낸 꽃떡은 허기진 가족들에게 꿀향기 그윽한 별미였다. 춘궁기 하루 햇살은 왜 그리도 길던지…, 건너편 산자락에서 울어대는 뻐꾹새 울음소리조차도 허기지게 들렸다. 겨우내 움츠리고 살아온 이웃들이 모처럼 양지쪽에 모여 앉아 도란대던 삶의 이야기마저도 곤궁했던 때다.

언젠가 공용버스 정류장 대합실에 나뒹굴던 신문조각에서 우연히 읽은 어느 문장가의 〈보릿고개〉 산문散文 한 토막은 지금도 머릿속에 맴돈다. "얼굴이 비치도록 묽은 나물죽 쑤어놓고, 철없던 자식들에게 나는 먼저 먹었으니 너희나 어서 먹으라 하시던 어머니의 거짓말을 그때는 미처 몰랐었다. 지금 와서 생각하면 한없이 눈물이 쏟아진다."고 했다.

'보릿고개'는 겪어본 사람만이 아는 한恨이고 눈물이었다. '보릿고개'를 넘어온 내 생애도 어언 80여 성상이 지났다. 고난으로 살다

가신 부모님 모습이 지금도 눈에 선하다. 세월이 무상한가, 역사가 무상한가. 어느덧 세태는 변하여 이제는 먹고 입는 게 넘쳐 오히려 병폐가 되고 있다. 아까운 것을 모르는 사치와 낭비 시대가 됐다. 등 따습고 배부른 지가 얼마나 되었다고….

당대當代도 지나기 전에 서글펐던 '보릿고개' 역사는 아득하게 지워지고 있다. 물론 '보릿고개'가 영광스러운 역사는 아니다. 가난하던 산골동네에 아까시 꽃향기 밀려오는 5월, 으스름 달 밤에 허기지게 울던 뒷동산 두견새는 지금도 그때이듯, 밤만 되면 청승맞은 울음 울어 허기졌던 보릿고개 한을 되새기게 하고 있다. 오늘의 문명과 풍요는 하늘에서 그냥 떨어진 게 아니다.

'춘궁기'에 '보릿고개'를 넘어온 한 맺힌 세대들의 피눈물로 이룩한 노력의 결과이건만, 그 가치를 알고 소중하게 여기는 사람들은 없다. 샘가에서 두레박 찬물로 주린 배 채우며 허기지게 넘어온 '보릿고개' 세대들은 이제 거의 세상을 떠났다. TV앞에 앉아 어린 가수가 부르는 '보릿고개' 가락에 눈물 훔치는 것은 나만의 추억일까.

누가 말했던가. 고통의 역사를 잊으면, 또 다시 고통의 역사가 반복된다고…. '보릿고개', 결코 다시 겪어서는 안 될 한恨의 역사다.

(2020. 3. 14)

2

나는
재생될 수 없을까

제행은 무상이다

석가釋迦는 일찍이 제행무상諸行無常을 설파했다. 무상한 세월을 말하는 것이 어찌 인생뿐이랴…. 우주 안에 모든 만물은 생生과 멸滅, 시始와 종終으로 윤회하면서 변하지 않는 게 없다는 뜻이다. 변화를 이끄는 주체는 바로 세월이다. 세월이 스치는 공간엔 반드시 변화가 따른다. 진실이고 섭리다.

세월은 잡히지도 않고 볼 수도 없지만, 세상 만물의 생멸生滅과 시종始終의 역사를 지배한다. 동물도 식물도 모든 생명들은 잠시도 제 모양 그대로 지킬 수가 없이 변화한다. 어찌 생명체뿐이랴. 바위도 무쇠도 흙도, 모든 무생물까지도 순간의 정지 없이 외형과 내면을 변화시키고 있다.

나 또한 부지불식간에 세월에 끌려와 오늘에 섰다. 주위를 휘 둘러보지만 변화된 내 인생은 이미 석양의 언덕에 섰다. 친구들도 이웃들도 모두가 변해버렸다. 그동안 일상에서 내가 변할 것이란 생각을 잊고 살았다. 아침마다 세수하고 거울보기를 반복하면서도 내가 변하고 있다는 사실에 무관심했다.

마신 만큼 줄어드는 음료수병 눈금 보기에는 익숙해졌어도, 하루가 다르게 변화하는 인생의 눈금 보기에는 무관심했다. 모른 체해도 괜찮을 남의 일에는 민감하도록 참견하면서도, 내 인생 변화에 대해서는 무관심했다. 삶의 착각이다. 누구나 청소년기에는 '얼른 자라 훌륭한 사람'이 되라며, 마치 '변화가 희망인 것'처럼 배웠다.

20대 청춘기는 사리분별 없이 천방지축 분방하기만 했다. 30대를 지나 40대에 이르러서야 사회적 인격체로서 독립된 자기 몫의 책임과 사명을 조금씩 깨닫기 시작했다. 가족이 늘어나고, 경제적 부담도 늘어났다. 또 사회적으로는 위상과 책임도 눈뜨기 시작했다.

그때는 이미 인생의 절반을 넘어서는 시점이다. 2일만 지나도 턱수염이 수북하게 느껴지는 나이 50을 넘어서면 마음이 조금씩 급해지기 시작한다. 이미 머리엔 듬성하게 흰 머리카락 섞이고, 이마엔 한두 개씩 주름도 깊게 파인다. 몸과 마음에서 세월의 속도가 은연중에 체감體感되기 시작한다.

매사에 이해타산과 번민 고뇌들이 따라붙고, 야심과 욕심, 공상들도 늘어난다. 주변의 경쟁 상대들을 의식하게 되고, 괜스런 아집我執도 생겨난다. 또 조금씩 변화에 대한 초조감도 느껴진다. 사회 조직 속에서 고참古參 대열에 앉는다. 점차 책임과 의무 부담도 무거워지고, 주변의 변화도, 세월의 속도도 더욱 빠르게 느껴진다.

사회적 지위도 조금씩 오르게 되고, 체면도 의식하게 된다. 칠전팔기七顚八起 끝에 겨우 상석上席의 위치에 앉으면 희열감도, 자존심도 덩달아 생긴다. 그럴수록 변화는 더욱 빠르다. 큰소리 몇 번 지르고 나면, 바로 인생 분기점에 다다른다. 정년停年이란 관문이다. 피할 수도, 또 막을 수도 없는 문이다.

그때서야 인생무상이 몰려든다. 어느덧 책임도 의무도 모두 내려놓아야 할 때가 된다. 인생길 먼 것 같아도 살아보면 멀지 않다. 일장춘몽一場春夢 같은 허무虛無가 엄습한다. 나이 70이 넘으면 변화의 속도는 70km가 넘게 빨라진다. 그게 바로 인생의 변화, 세월의 변화다.

세월의 속도는 태어났을 때나, 80세 때나 똑같은데도 나이가 많아질수록 변화의 체감體感 속도는 가속도까지 붙는다. 시계의 초침 소리가 쉼 없이 변화를 알렸건만, 착각과 망상에 들떠 '그까짓 초침의 소리쯤'은 못 들은 척 무시했다. 그 초침 소리가 쌓여 며칠 지나면 정유丁酉년도 저문다. 바로 제행무상이다.

사념思念 한 가닥이 부싯돌처럼 번쩍 스친다. '몸과 마음의 변화가 임계臨界점까지 밀려왔음'을 알린다. 부지불식간에 세월은 날마다 내 몸과 마음을 변화시켰다. 세월…, 누가 풀고 감는 연줄이던가. 누가 쌓고 허무는 제단祭壇이던가. 세월은 공평하다. 햇빛이 들지 못하는 곳은 있어도 세월이 들지 못하는 곳은 없다.

계절은 이미 삼동에 접어들었다. 동토 속에는 또 다른 변화의 영혼들이 용틀임치고 있다. 무상하게 돌고 도는 변화의 속도가 이젠 어지럽기까지 하다. 시계의 초침 소리가 왜 쉼 없이 재깍대는지를 비로소 깨닫는다. 삼경에 홀로앉아 저문 인생을 돌아보며 제행무상을 중얼거려 본다. 사라져 간 세월, 변해버린 인생….

(2017. 12. 11)

나는 재생될 수 없을까

　오랜만에 고향 가는 날이다. 옛날 정다웠던 이웃들을 만날 생각하니 몸보다 마음이 더 들뜬다. 크고 작은 추억들까지 줄줄이 따라나서 나도 같이 가자고 매달리는 바람에 설레는 마음은 더욱 두서가 없다.

　4월의 끝 주말 서산 친척집 결혼잔치에 가는 날이다. 아침 일찍 올망졸망한 상념들 모두 데리고 서둘러 탄 시외버스가 산 벚꽃 흐드러지게 피어난 경관 따라 고속도로를 한참 달리던 중이다.

　갑자기 핸드폰에서 예리한 신호음이 울린다. 확인하는 순간 나도 모르게 '아차!' 소리가 절로 터져 나온다. 건전지 수명이 다됐다는 신호다. 전화기는 잠시 후부터 먹통이 되고 말았다. 들뜬 마음에 수선떠느라 충전하는 것을 챙기지 못했다. 낭패는 예고가 없다고 했던가.

　언제부터인가, 우리는 핸드폰에 목매어 살고 있다. 일상이 문명화되면서 사람들마다 핸드폰에 끌려 다닌다. 모든 정보를 핸드폰에 의

지해 사는 게 요즘 시대의 현실이다. 나 역시 핸드폰이 꺼진 오늘의 낭패는 면할 길이 없게 됐다. 외부와 모든 소통이 단절되니 창살 없는 감옥살이 신세가 된 것이다.

서산터미널 도착시간을 알려주면 예식장까지 동행하기로 했던 고향 친지와 약속부터 어그러지게 됐으니, 갑자기 실없는 사람이 된 것이다. 마음이 조급해진다. 문명이 어두웠던 옛날 선대들은 어떻게 살았을까. 인편으로 기별하고, 봉화烽火를 올리고, 파발마擺撥馬 달리고, 전서구傳書鳩 날리던 시대로 돌아간 신세다.

핸드폰의 위력은 실로 대단하다. 단순한 통화기능만이 아니다. 카톡, 메일, 메시지, 유튜브, 밴드 등, 오가는 정보채널이 다양하다. 요즘 핸드폰 교신정보가 두절되는 사람은 외딴 곳에 홀로 남겨진 듯, 공존의 대열에서 낙오자가 된다. 바로 오늘 내 신세가 그 꼴이 됐다. 수시로 주고받는 정보에서 소외될 수밖에 없다.

공존하는 사회에서 가장 서글픈 것은 주변으로부터 소외당해 외톨이가 되는 것이다. 특히 요즘 사회에서 정보에 소외당하면 마치 절해고도에 유배당한 꼴이나 같다. 남도 유배지에서 '살아있어도 살아있지 않은' 자신의 신세를 한탄하며 '유생무생有生無生'을 읊은 정약용丁若鏞 선생의 고독했던 처지가 연상된다.

문명시대일수록 외부와 정보통신 두절의 시간은 더욱 초조하다. 나도 어느 사이에 '머피(Murphy)법칙法則'에 말려든 것일까? 오늘의 일정이 연달아 꼬인다. 전화기가 꺼져있을 때는 이상하게 통화할 일도 많아진다. 급할 때는 공교롭게도 상대편 전화기가 고장이거나,

계속 통화 중일 때도 많다. "전원이 꺼졌습니다. 전화 연결이 안 됩니다."의 안내 멘트(ment)만 반복해서 들리면, 전화를 거는 사람 입장에서는 짜증나고 불쾌하기까지 하다.

"핸드폰은 모양으로 갖고 다니느냐…"며 누구나 한마디씩 책망을 쏟아내기 마련이다. 전화소통은 살아가는 일상의 신용信用과도 직결된다. 신용이란 쌓기도 어렵지만 유지관리하기도 어렵다. 소통이 중단된 오늘 나처럼 신용이 한순간에 무너질 수도 있다. 혼자서 속을 끓이지만, 오늘의 답답함을 해결할 길은 없다. 터미널에서 기다리기로 약속했던 친지가 전화를 기다리며 종종거릴 것을 생각하니 등짝에서 진땀이 난다.

나이 탓이란 자괴감이 스친다. 하루 동안에도 멀고 가까운 곳을 전파 타고 오가는 소통의 비용을 가치로 환산하면 얼마인가? 시간적 경제적으로 단축하고 절약되는 효과를 생각하면 핸드폰 때문에 얻어지는 생활의 가치는 산술로 계산할 수 없을 만큼 대단하다. 국내소식은 말할 것도 없다. 안방에 앉아서 세계 각국을 들여다보는 다국적 통신시대가 아닌가.

핸드폰 불통으로 빚어지는 직간접적인 손해도 비례해서 커질 수밖에 없다. 근대문명의 특혜 중에서도 가장 밀접하게, 또 가장 확실하게 체감되는 이기利器가 바로 핸드폰이다. 이젠 남녀노소가 없다. 겨우 말 배우는 어린 아기들까지도 핸드폰을 들고 쫑알대며 눈을 떼지 못한다.

핸드폰은 이제 사람의 두뇌기능까지 대행代行한다. 모든 지식 정보가 핸드폰 속에 저장되고 있으니 사람들은 머리 써가며 기억해야 할 일이 없다. 전화번호 몇 십 개 정도는 달달 외우던 내 기억력도 핸드폰이 대신하면서 퇴화되고 있다. 핸드폰은 이제 의식주 차원을 넘어 일상생활에서 잠시도 떼어놓을 수 없는 삶의 필수 이기利器다.

이토록 소중한 핸드폰의 가치에 무관심했다면 그 소유자인 내 정신상태도 안심할 수가 없다. 먹통된 핸드폰 때문에 보이지 않고 들리지 않는 책망인들 하루 종일 얼마나 많았을까. 붐비는 예식장에서는 충전할 곳도, 충전할 시간도 없다. 추억에 들떠 서두는 바람에 모처럼 찾은 고향 길은 하루가 불안이었다.

오후 늦게 집에 도착하기 바쁘게 핸드폰 충전기에 코드를 꽂으며 생각해본다. 오늘 하루 스트레스로 축낸 내 심리적 고통은 어느 코드로 충전할 수 있을까. 부질없는 사유思惟가 교차한다. 인생은 1회용품이다. 충전도 재생도 불가능하다. 이미 사위四圍에 가득 찬 어둠이 무겁다. 내 인생의 하루가 또 그렇게 갔다.

모른 체 해도 괜찮을 남의 일에는 곧잘 참견하고 간섭하면서도 정작 챙기고 살펴야 할 내 일들은 깜빡깜빡 잊어먹기 예사다. 탓할 수도, 원망할 수도 없다. 세월이 죄이고 나이가 죄다. 충전코드를 꽂은 지 두 시간쯤 지나자 표시등이 초록색으로 바뀌면서 죽었던 핸드폰이 얄밉게도 감쪽같이 살아났음을 알린다. 소모된 내 인생을 충전하는 방법은 없을까…

(2017. 5. 4)

신과 인간의 한마당

뜰 안 노천露天에는 뽀얗게 목욕한 커다란 통돼지 한 마리가 섬뜩하게 할복割腹한 채 주검되어 넓은 방석에 엎드려 있고, 그 옆엔 욕조같이 커다란 고무다라에 막걸리가 넘실하게 채워져 있다. 또 문을 활짝 열어젖힌 축대 위 별채 신당神堂에는 오방색 제물들로 요란하게 진설된 제상祭床이 푸짐하게 차려져 있어 언뜻 보기만 해도 큰 굿판임을 알게 한다.

조심스럽게 안쪽으로 다가가 "구경 좀 해도 되겠느냐"고 묻자, 한 남자가 "좋다"고 흔쾌히 대답한다. 때마침 색동장삼에 하얀 고깔 깊게 눌러쓰고 곱게 분장한 50대 무녀巫女가 방울뭉치를 스산하게 흔들어대며 청산유수 같은 달변으로 초혼招魂의 주문呪文을 읊어대기 시작한다. 강신降神할 제상 위에는 왕 촛불 2개가 껌뻑대고, 커다란 향로에서는 뽀얀 향연香煙이 자욱하게 구천을 향해 피어오른다.

제상 앞 모서리에 자리한 남자 고수鼓手는 무당이 읊어대는 주문의 음률 따라 징과 북을 번갈아 두들겨대면, 장단에 맞춰 추임새를

넣고 무녀의 춤사위도 한껏 치솟는다. 제주祭主인 듯 50대의 여인은 제상위에 올려진 위패位牌를 향해 연신 절을 하는 동안, 대나무에 하얀 창호지를 감아 떨이개 모양으로 만든 산만한 신神대가 무당의 손에서 서서히 흔들리기 시작한다.

드디어 무녀는 영靈과 육肉을 자유자재로 넘나드는 신으로 변신한다. 덩더쿵 세마치장단으로 어우러진 북과 징소리가 잔설이 얼룩이진 계룡산자락 도덕봉道德峰계곡을 요란스럽게 흔들어대면 신명이듯 쏟아내는 무당은 주문과 함께 껑충껑충 뛰어대는 율동의 춤사위까지 1인3역을 하며, 신방神房은 마치 한 편의 오페라 무대가 연상된다.

신령神靈의 계시啓示와 원혼冤魂의 한恨이 무당의 주술呪術을 통해 해원解冤 상생相生의 절정에 이르면 제주祭主인 여인은 제단 앞에 스르르 주저앉아, 4년 전 교통사고로 죽어간 미혼未婚 아들의 원혼 앞에서 하염없이 눈물만 쏟아낸다. 죽은자를 위해 산자들이 마련한 해원상생의 굿판이다. 고인故人이 된 김태곤金泰坤(경희대 민속학) 전 교수의 강의에서 들은 예화例話 한 토막이 언뜻 떠오른다.

(전략) 평소 노력과 실력이 자기만 못하다고 생각했던 유생儒生이 의외로 자기보다 앞서 과거시험에 합격하자, 이에 원망과 질투심을 품은 낙방 생이 상왕上王에게 항의 민원을 냈다. 이에 상왕은 '노력의 신'과 '운명의 신'을 함께 불러놓고 술 마시기 시연을 시켰다. 노력의 신은 3잔 마시고 나가떨어지는데 반해, 운명의 신은 7잔을 마셔도 끄

떡없었다. 상왕이 옆에서 지켜보던 민원을 낸 유생에게 말했다. "보았는가. 인생사란 노력해서 얻을 수 있는 것이 3할뿐이고, 7할은 신이 지배하는 운명이라는 것을…. (하략)

비록 설화說話 같지만 신통력神通力을 믿는 무속신앙은 오늘도 이곳 계룡산 자락 도덕봉 계곡에서 성업盛業 중이다.

계룡산 동학사東鶴寺 입구 큰길 삼거리에서 3군 본부 계룡대로 통하는 대로大路변 왼쪽 도덕봉 깊숙한 계곡에는 집단으로 무당 촌이 형성돼 있다. 음력설을 지나 정월보름 전후쯤이면 계곡마을은 전체가 굿판이다. 다양한 신령과 원혼들이 한데 어우러져 해원과 상생이 교감하는 별천지다. 세상에는 원怨도 많고 한恨도 많다는 사실을 새삼 깨닫게 한다.

병원에 가면 환자들이 모여들 듯, 이곳 무당마을에도 사정이 서로 다른 숱한 원혼들이 사철 모여든다. 평소 무속신앙에 무관심했던 사람들도 이곳에 들러 무당이 쏟아내는 굿판의 사설邪說에 함몰되면 자신의 존재가 나약해진다. 인간은 누구나 신의 영역을 벗어날 수도 없고, 신의 존재를 부정할 수도 없는 약자임을 다시 한 번 깨닫게 된다.

전지전능하고 무소불위한 신에게는 어느 누구도 나약해지게 마련이다. 삼신三神할머니의 조화로 태어난 유약한 인간의 한계인지도 모른다. 누구나 약해질 때면 심리적으로 의지할 곳을 찾게 마련이다. 그래서인가. 우리 생활 속에는 예부터 수많은 무속巫俗신앙들이 존재해 왔다. 집안 최고의 성주신城主神부터, 부뚜막 조왕신, 심지어는 뒷간에 몽달귀신까지 섬겨온 게 우리 선대들의 삶이었다.

너나없이 인간들은 항상 나약하고 불안하다. 선거 때나, 직장의 승진인사 때, 또는 사업번창을 기원하는 기업주 사모님들이 단골로 찾는 무당촌은 음력설 지난 후가 최고 성시다. 돈 많고 지체 높은 사람들일수록 상대적으로 신神에게는 약하다. 깊은 산속 무당촌에 사람들이 몰리는 이유다. 환경적 심리적으로 불안하거나 사회적 정서나 시국이 불안할 때일수록 산사나 교회당에 사람들이 몰리는 것도 같은 맥락이다.

인간사회는 항상 불안이 상존한다. 숱한 외침外侵에도 불안하고, 언제 찾아들지 알 수 없는 병고病苦에도 불안하며, 또 때 없이 찾아드는 갖가지 액운厄運이나 재앙災殃에도 불안하다. 인간은 태초부터 신을 떠나 존재할 수가 없었다. 하늘에는 천신, 땅에는 지신, 산에는 산신, 물에는 용왕신, 들에는 농신이 있듯 집안에서도 수많은 신들에게 의지하며 살았다.

권력이든 재력이든 가진 게 많은 사람일수록 상대적으로 신에게는 약하다. 또 아무것도 믿을 곳 없는 졸부민생들도 신에게 의지하는 수밖에 없었다. 체계화된 종교적 이론이야 있든 없든 개념치 않는다. 문명시대가 부정하고 불신해도 토속신앙은 오늘도 북소리 징소리 쩌렁쩌렁 울려대며 우리 삶속에서 공존하고 있는 게 현실이다.

(2018. 3. 8)

고생은 삶의 자산

독일의 시인 괴테(Goethe)는 일찍이 "눈물 젖은 빵을 먹어보지 않은 사람은 인생을 논하지 말라."고 했다. 또 "젊었을 때 고생은 사서라도 하라."는 우리 속담도 있다. 삶이란 시련과 고난을 체험해야만 비로소 인생의 진가眞價를 깨달을 수 있다는 교훈이다. '시련과 고통의 체험은 곧 삶의 소중한 자산이 된다.'는 의미다.

천로역정天路歷程의 작가 영국의 존 버니언(John bunyan)도 육체적 정신적 고통을 모두 견디어낸 후에야 천국天國에 이를 수 있다는 명작을 남겼다. 시련과 고통은 개인의 영욕에만 한정되지 않는 진실이다. 국가도 사회도 흥망의 역사 뒤에는 고통과 시련의 고비가 있었다.

우리 집 혈통의 대代를 이어갈 손자 기범其枫이가 독일로 유학을 떠나던 날이다. 밀려드는 만감을 나 혼자 짊어진 것처럼 심사가 천근 무쇠덩이처럼 무겁기만 하다. 목표했던 대학 진학에 실패한 후 재기의 도전 치고는 관념을 뛰어넘는 모험의 길을 택한 것이다. 기범이의 대담한 독일 유학 결정 배경에 대해 가족들은 모두 놀랐다.

　모처의 지인을 통해 가끔씩 독일의 문화 환경과 대학의 교육제도에 대해 들어온 것이 감수성 예민한 기범이가 유학을 선택한 동기다. 기범이가 선뜻 '눈물 젖은 빵'을 먹기 위해 고생을 자청하고 나섰다. 그러나 막상 외동이 손자를 이역만리 험난한 길로 유학을 보내는 할아비 마음은 우려 반ᆃ 기대 반으로 착잡하기만 하다. 기범이는 몸도 마음도 아직 여물지 못했다.

　몸통은 장정같이 컸지만, 온실에서만 자라온 심성은 너무 어리다. 거친 세파 풍상들을 혼자 견디어내기는 아직 약하다. 감수성만 예민할 뿐, 사회경험이 부족한 데다, 외국생활이라고는 한 번도 경험해본 적이 없다. 할아비시대의 선입견일까? 기범이에게 독일 유학은 아직 무리다. 언어소통이나 생활문화가 전혀 낯설다. 암흑의 절벽에서 미로 찾기를 선택한 셈이다.

　지연 혈연 학연 등 아무 연고가 없고, 또 평소에 한 번도 가 본 적 없는 생소한 나라다. 더구나 기범이는 그동안 국내에서도 가족을 떠나 혼자서 객지체험, 고생체험을 별로 해본 적이 없다. 메마른 세상물정에 조금도 오염되지 않아 심성이 청순하다. 아무리 세계화시대라지만 낯선 이국땅에서 인생도전을 결심하기까지 어린 마음에 얼마나 많은 번민과 고뇌로 갈등했을까. '눈물 젖은 빵'을 자청하고 나선 기범이 결심에 콧등 시큰하도록 대견하지만, 할아버지 마음에는 초조와 우려가 더욱 무겁게 교차한다.

　고등학교를 갓 졸업한 철부지 외동아들을 아무 연고가 없는 독일까지 보내기로 결심한 제 엄마, 아빠의 노심초사는 또 오죽했으랴. 고삐 풀린 망아지처럼 자유분방해야 할 시기에, 잘못이 있다면 목표했던 대학 진학에 실패한 것뿐이다. 대신할 수 없는 게 공부라지만 아무것도 보탬이 되지 못하는 할아비 마음은 그래서 더욱 안타깝기만 하다.

옆에서 지켜보는 가족들의 마음마다 불안과 초조가 겹친다. 수만 리 절해고도絶海孤島에 내팽개치듯 유일한 혈통, 외동이 손자를 독일까지 보내야 하는 할아비 마음은 이래저래 착잡하다. 그러나 기범이는 신대륙을 개척한 콜럼버스(columbus)가 되기를 자청했다. 흔해빠진 대학, 국내에서도 얼마든지 선택할 수 있는 차선책도 뿌리친 채, 과감하게 도전의 길을 생소한 나라, 독일로 선택했다. 사회제도나 문화가 모두 낯선 타국에서 심리적 생리적으로 겪어야 할 시련과 고통을 자청하고 나섰다. 용기勇氣가 대견하고 한편으로는 무모하기도 하다.

기범이가 출국하던 날(2017. 8. 22)이다. 서둘러 인천공항으로 달려갔다. 대합실에 가득한 사람들의 걱정을 내가 모두 짊어진 것처럼 마음이 무겁다. 가족의 걱정하는 눈빛을 의식했던가. 기범이는 애써 태연한 척 한다. 산山설고 물水설은 낯선 곳 만리타국으로 외롭게 떠나면서도 늘 다니던 길이듯, 늠름하게 탑승장으로 나가며 불안한 내색을 감춘다. 내일부터 겪을 시련과 고통을 스스로도 모를 까닭이 없으련만…, 어린 마음에 그 무거운 부담을 짊어지고 손을 흔들며 나갔다.

　요즘 젊은이들의 감성 폭이 늙은이 세대와는 다르다지만 자청해서 고통의 길로 떠나는 기범이의 가슴인들 얼마나 콩닥댔을까. 하나뿐인 손자에게 편안한 삶을 물려주지 못하는 할아비 심사가 천근만근이다. 피를 내려준 혈연 때문인가, 아니면 좁고 찌들게 살아온 구시대적 관념 때문인가. 공항에서 기범이와 작별한 후 집으로 오는 차안에서 나는 소리 없이 눈물을 쏟았다. 왜 그리 서운하던지….

　석가釋迦는 일찍이 생즉고生卽苦를 설파했다. '삶은 즉 고생'이라는 의미다. 백척간두百尺竿頭 진일보進一步라는 교훈도 있다. 백 척의 기둥 끝에서도 한 발자국 더 전진하라는, 치열하고도 절박한 시련을 강조한 교훈이다.

　기범아! 인생은 누가 대신 살아주는 것이 아니다. 초지일관初志一貫의 결심으로 고난과 싸워서 이겨야 한다. 할아버지의 간절한 기원이다.

　"고통을 녹여 지혜를 만들고, 지혜는 나를 완성시킨다"고 했다. 기범아! 네가 스스로 선택한 길이다. 절치부심切齒腐心하여 가슴속에 새긴 결심을 새기고 또 새겨라. 시련과 고통은 바로 삶의 탑을 쌓는 소중한 자산이다. 힘들고 괴로울 때마다 엄마 아빠가 보내는 사랑과 정성을 기억해라. 오늘의 고생은 내일을 위한 가장 값진 네 인생의 자산資産이다.

(2017. 8. 24)

진화進化인가, 퇴화退化인가

얼마 전 어느 TV방송국에서 방영된 세태풍자 코미디 프로 한 토막이 머릿속에서 지워지질 않는다.

아지랑이 피어오르는 어느 봄날 야외로 소풍 나간 유치원생이 초원에서 풀을 뜯고 있던 젖소를 보고 '엄마'라 부르며 쫓아갔다는 얘기다. 단순하게 웃자는 얘기만은 아니었다. 인륜과 천륜을 넘나드는 의미심장한 현실 세태풍자였다.

사람은 누구나 태어나는 순간부터 어머니 젖을 먹고 자란다. 어찌 사람뿐일까. 포유류哺乳類 동물들의 생태가 모두 그렇다. 젖은 아기에게 영양가만 공급해 주고, 고픈 배만 채워주는 단순한 양식糧食의 가치뿐만 아니다. 엄마의 젖은 신神이 내린 영혼의 양식이다. 어떤 가치로도 비교 환산할 수 없을 만큼 젖 속에는 부모의 영靈과 육肉이 모두 녹아있다.

무한하게 깊고 높은 부모의 은덕과 사랑, 원대한 아기의 인생 미래 염원까지도 젖 속에 들어있다. 그래서인가. 사람은 어릴 때부터 생김도 성격도 부모를 닮아간다. 심지어는 생각이나 행동까지도 부모를 닮는다. "콩 심은 데 콩 나고, 팥 심은데 팥 난다."는 속담의 유래다. 자식에게 전해지는 부모의 유전자는 속일 수가 없다. 어디가 닮아도 닮는다. 유전의 법칙이다.

아기가 엄마의 젖을 먹고 자라는 동안 부모의 유전자가 아기의 몸속으로 전이되어 인격형성에 바탕이 된다. 사람의 일생 중에서 아기때 세상은 에덴동산이고 낙원이다. 엄마의 젖가슴에 안겨 방긋방긋 웃으며 옹알대는 모습에서 부모의 고통과 시름까지도 삭혀지게 한다. 아기에게 젖을 물리는 순간은 모성의 성정性情이 모두 아기에게 전이轉移되는 간절한 인륜과 천륜의 시간이다.

이제는 세태가 변했다. 엄마의 모정母情도, 아빠의 부정父情도 변했다. 젖을 먹여 아기를 키우는 엄마는 거의 없다. 집에서는 아기를 낳지도 않는다. 아기가 태어나는 곳은 병원이다. 또 태어나면서부터 먹는 젖도 모유母乳가 아닌 우유牛乳다. 엄마 뱃속에서 나오는 탄생 순간부터 아기들은 부모의 품을 떠난다. 영유아원, 어린이집, 유치원 등 육아 전문기관에 위탁양육된다.

엄마 아빠의 역할은 임신과 출산뿐이다. 아기가 부모의 체온을 접하며 자라는 시간이 거의 없다. 물론 불가피한 이유도 있다. 엄마가 사회활동을 해야 하기 때문이다. 아빠 혼자 벌어서 가족을 부양하고 생활하던 시대는 지났다. 부부가 맞벌이를 해야 가정을 지켜낼 수가 있다.

사회적으로 여성들의 교육기회가 늘어나고, 양성 평등의식이 확산된 영향도 크다. 젊은이들의 결혼관 가정관도 바뀌었고 윤리도덕적인 가치관도 바뀌었다. 자연 아기와 부모 사이에 인륜도 사랑도 감성도 영혼도 전이될 시간이 짧아졌다. "진자리 마른자리 갈아 뉘시며…." 노래는 구세대들이 부르던 먼 옛날의 동요일 뿐이다.

똥오줌 받아가며 아기를 등짝에 업고, 젖가슴에 안고 체온으로 키우던 모정의 시대는 전설처럼 아득해졌다. 밥상머리교육이나 전인교육 가정교육도 옛말이다. 부모와 자식 간에 체온으로 교감하고 전이되던 영적인 교류나 감성적인 교류가 거의 단절됐다. 임신부터, 출산, 육아까지 모두 돈으로 해결한다.

전문 직업인들이 운영하는 어린이집이나 유치원 등 영유아교육 기관은 모두 법에 규정한 대로 운영되고 있다. 또 종사자들도 돈벌이를 목적으로 취업한 직업인들이다. 영성靈性이나 인성人性의 교감보다는 엄격한 사회적 법 규정이나, 운영자의 이해득실을 따지는 계약관계의 타산 속에서 어린이들이 성장한다.

퇴근시간에 맞춰 부모가 아기를 집으로 데리고 온다지만, 잠자는 시간을 빼고 나면 어린이가 엄마 아빠의 품에 안기는 시간은 하루 중 몇 시간이 못 된다. 자연 모성애母性愛도, 부성애父性愛도 메마를 수밖에 없고, 따라서 어린이들의 심성도 거칠고 각박해질 수밖에 없다. 어린이들의 인격형성 과정이 초기부터 건조해지는 이유다.

엄마의 젖가슴에 안겨 사랑스런 눈길을 주고받으며 인성을 먹고 크던 옛날의 애기들과는 인격형성과정이 다르다. 인륜人倫이라 이르는 부모자식 간의 인연도 자연스레 희석될 수밖에 없다. 우리는 흔히 DNA를 말한다. 자기가 낳은 자식에게 젖을 먹이는 것은 DNA적 생태이고 인간의 본능적 유전이다. 그러나 오늘의 세태는 점차 천륜天倫과 인륜人倫에서 멀어지고 있다.

요즘 패륜 불륜 등의 파렴치 몰염치한 흉악 범죄가 점점 늘어나고 있다. 남녀 간에 성性범죄 발생 행태도 부끄럼 모르는 짐승들과 비슷해졌다. 때와 장소도 없고, 사회적인 지위 고하나 염치 체면도 없다. 자식을 가슴에 품고 젖 먹여 체온으로 키우던 세대들에게 많지 않던 사건들이 많아지고 있다.

부모에 대한 효친, 봉양 순위는 이미 강아지나 고양이에게 밀려났고, 젖을 먹여 키우던 엄마의 원초적 사랑은 젖소에게 밀려났다. 아기들에게 젖 먹여 키우던 엄마세대는 이제 전설이 됐다. 소풍나간 유치원생이 초원에서 풀 뜯고 있는 젖소를 보고 엄마라 부르며 달려가는 코미디프로가 현실이 되고 있다. 인간이 짐승처럼 변하고 있다면 지나친 역설일까. 진화인가, 퇴화인가.

(2019. 5. 13)

형상목形狀木

저게 공룡이야? 기린이야? 보는 사람마다 한마디씩 의문을 던진다. 우리 집 거실에는 딱히 이름을 지칭할 수 없는, 야수野獸 닮은 형상목形狀木 하나가 놓여있다. 심미관 깊은 조각가의 예술작품이 아니다. 자연 상태의 나무뿌리를 개울물 속에서 주워다 곁가지와 작은 뿌리들만 요모조모 선택적으로 자르고 다듬어 니스 칠해서 좌대에 올려놓은 것이다. 그 형상이 맹수를 닮았을 뿐이다.

쳐다보고 있노라면 금방 괴성怪聲을 지르며 뛰쳐나올 것처럼 생동감이 느껴진다. 날렵한 모양의 긴 목을 치켜들고 수십 미터 전방의 초원을 조망眺望하고 있는 형태다. 버티고 선 네 다리와 길게 뺀 목과 대각선으로 치솟은 꼬리 등 갖추어진 체격이 우람스런 공룡을 뛰어넘는 상상의 야수상이다. 집안에 침범했던 잡신들이 기겁하고 도망칠 것 같다.

막 뛰쳐나가려다 수상한 기척에 주춤하고 서서 주위를 예리하게 응시하며 순간포착의 기회를 노리고 있는 듯, 정중동적靜中動的인 태세가 예민한 맹수 형태 그대로여서 신비감을 보탠다. 때로는 초원을 거닐다 시장기를 느끼고 머리를 갸우뚱거리며 먹잇감을 찾아 사방을 살피는 것 같기도 하다.

키는 껑충하고 앞다리보다 뒷다리가 짧다. 엉덩이 부근의 근육질이 잘 발달돼 있어 힘과 용맹이 천하무적일 것 같다. 또 다리에 비해 몸통은 비교적 작고, 육질은 없으나 균형 잡힌 체형이 아주 강건해 보인다. 언뜻 보아 긴 목은 기린처럼 가늘고, 머리는 작지만 성격이 대단히 민감하고 포악한 형상이다.

또 몸통에 비해 가늘고 긴 꼬리를 대각선으로 쭉 뻗어 올린 모습이 긴장했을 때 맹수들 모습처럼 민첩하고 날렵해 보인다. 그 자태가 마치 태초에 조물주가 창조한 전설의 야수형상을 간직하고 있는 듯하고, 드넓은 초원에서 동물의 왕국을 지배하던 용맹스런 야생적 영혼을 그대로 간직한 듯 역동감이 느껴진다.

1983년 사회기강 단속이 깊은 산속까지 미치지 못할 때, 무허가 목상木商들이 지리산 계곡 천년노송을 불법으로 도벌하여 밀반출하던 현장을 소재로 〈인간 송충이들〉이란 제목의 고발소설을 써내 동아일보 신춘문예 공모에 당선된 전북全北 남원南原의 논픽션작가 임종안林鍾安 선생이 내가 기사를 써준 인연의 기념으로 자기가 만들어 소장하고 있던 것을 서울까지 가져와 내 방에 놓아주고 간 선물이다.

홍수 때 산사태로 떠내려가다 지리산 뱀사골 계곡 바위틈에 끼어

오도가도 못한 채 오랜 세월 시린 물살에 씻기고 닦인 나무뿌리를 건져다 요모조모 안목대로 자르고 다듬고 문질러서 좌대 위에 올려 놓은 자연 상태 그대로의 동물형상 괴목槐木이다. 무심하게 스치면 평범한 형태의 나무뿌리지만, 임林 작가의 예리한 눈길에 발견되어 이 세상에 단 하나뿐인 조물주의 예술품이 된 것이다.

어느덧 40년 가까운 세월을 내 집에서 동거한다. 어느 날 먼지를 닦아내면서 언뜻 눈길이 멈추는 순간, 야수의 영혼이 살아나 내 심상心想 속에서 네 발을 탕탕 구르며 소리치는 환청幻聽에 화들짝 놀란 신비가 내 앞으로 다가선다. 다시 맨 손으로 형상목을 쓰다듬어 진정시키듯 눈여겨 살핀다. 그동안 무관심에 서운했던 모양이다. 살아있는 맥박이 아직도 손끝에서 뛰는 듯하다.

상상의 전설만 무성할 뿐 실상을 볼 수 없는 게 공룡의 신비가 아니던가. 형상목 속에서 다시 환청幻聽되어 터져 나오는 야수의 괴성이 현실로 태어나지 못한 한恨으로 내 마음을 흔드는 듯하다. 나무뿌리가 무슨 인연으로 야수의 형상이 되어 나에게까지 옮겨왔을까. 논리적으로 설명할 수 없는 게 인연因緣이라고 했던가. 하지만 불가에서는 세상만물이 서로에게 이어지는 전생의 인연을 무시하지 않는다.

인연이란 묘하다. 생물과 무생물, 인간과 동물, 또는 동물들과 식물들의 영혼이 서로가 교류하는 듯하다. 나무뿌리가 태어나지 못한 야수의 영혼을 대신해 주고, 또 야수의 영혼이 어느 날 나무뿌리가 되어 수간樹幹을 하늘 높이 뻗어 올리게 하는 이변을 만들었는지도 모른다. 홍수에 떠밀려 오랫동안 계곡 물 속에 잠겨 있다가 어느 날 감성 예민한 소설가의 눈에 띄어 아수의 형상으로 재탄생되었기에 더욱 희귀한 인연이다.

굳이 어떤 대사가 필요하랴. 형상만으로 감동을 주는 자연예술이다. 사람의 인연인들 무엇이 다를까. 나는 살아오는 동안 무슨 인연을 쌓았나, 악업惡業을 쌓았나, 선업善業을 쌓았나? 죽어진 훗날, 전생의 인연들을 하나로 뭉쳐 형상화시킨다면 소牛가 될까, 개犬가 될까?

짐승 모습으로 되살아난 형상목 앞에 앉아 공상을 해본다. 막상 버리려고 하다가도 40년 가까운 세월을 동거하다보니 이제는 버릴 수 없는 소장품이 됐다.

(2017. 5. 8)

오늘을 사는 지혜

기해己亥년이 밝았다. 희망을 떠들던 무술戊戌년도 이룬 것 없이 부산하게 지나가버렸다. 일 년이 또 소멸의 세월, 회한의 역사되어 등짝 위에 쌓인다. 세월은 언제나 또 누구에게나 공평하다. 권력 재력, 유식 무식 등을 차별하지 않는다. 상하, 전후, 좌우도 구분하지 않는다. 햇볕이 닿을 수 없는 곳은 많아도 세월이 닿지 못하는 곳은 없다. 그래서 세월은 진실의 기준이고, 원칙의 기준이다.

태풍 불어 세상이 뒤집혀도, 화산이 터져 지축이 무너져도, 또 폭우가 쏟아져 지구가 떠내려가도 세월은 오불관언吾不關焉이다. 그게 바로 세월의 섭리攝理다. 오늘이 지나면 어제가 되고, 과거가 되고, 또 역사가 된다. 우리는 현재를 기준으로 세월을 과거와 미래로 구분한다.

그러나 세월 속에는 과거와 현재만 있고, 내일이나 미래는 없다. 창세기 이래 지금까지 내일이나 미래를 살아본 사람은 아무도 없다. 과거역사는 있어도 미래역사가 없는 이유다. 미래는 추상의 세월,

허상의 세월이다. 그토록 미래를 갈구하지만, 미래란 인간에게 허용되지 않는, 절대로 닿을 수 없는 신만의 영역이다.

그래서 내일은 상상의 세월이고 희망의 세월이다. 후회나 반성, 추억 회고 등은 모두 지나간 세월 속에만 있다. 미래나 내일은 오직 상상想像의 공간이다. 지난세월은 숱한 흔적으로 남게 되지만, 내일이나 미래는 누구도 닿을 수 없는 막연한 상상의 시공時空일 뿐이다.

인류역사 이래 억겁의 세월을 쌓으며 인류가 기구祈求하고 희원希願해 온 세상이 바로 내일이고 미래다. 모든 종교가 선교宣敎 수단으로 내세우는 것도 내일이란 미지의 세월이다. 내일이 있기에 종교가 존재한다. 기도하고 속죄하면 내일엔 반드시 소원이 이루어진다고 희망을 띄우고 있다. 그러나 기도에는 정량定量이 없다. 어떻게 얼마만큼 기도해야 내일의 소망이 이뤄지는지 아무도 모른다.

인디언의 기우제祈雨祭처럼 소망이 이루어질 때까지 기도를 해야 하는지 알 수 없는 일이다. 내일이나 미래는 실존이 없는 형이상학形而上學적 공간일 뿐이다. 누구도 반론이 쉽지 않은, 현혹과 유혹으로 그럴듯한 이론의 영역이다. 엄격한 의미에서 혹세무민惑世誣民의 영역이기도 하다. 성현聖賢들이나, 명현석학들 어느 누구도 내일이라는 세월은 살아보지 못했다.

공자도 예수도 내일이란 이론만 띄워놓고 평생 동안 오늘만 살다 갔다. 내일이려니 생각하고 하룻밤을 자고나면 또다시 오늘이고 지금이다. 현재가, 지금이 곧 우리네 삶의 현실이고 세월의 진리다. 불가에서는 '현금생사즉시現今生死卽時'라는 말도 전한다. '살고 죽음이 지금에 있다.'라는 의미다.

내가 살고 있는 지금은 생애生涯에 첫 순간이고, 마지막 순간이며, 유일한 순간이라고도 했다. 세월은 어느 누구에게도 절대로 미래를 허용하지 않는다는 의미다. 그래서 사람들은 더욱 큰 기대심으로 미래를 갈망한다. 사람들마다 내일이라는 상상의 시공에 호기심이 더욱 큰 이유다.

오늘의 삶이 아무리 힘들어도 참고 이겨내는 것은 내일이란 희망 때문이다. 내일이면 이루어지겠지, 내일이면 행복하겠지, 나도 내일만 믿고 살아온 세월이 80평생이다. 그러나 막상 내일은 하루도 살아보지 못했다. 내일로 기대했던 날은, 날마다 오늘 지금이었다.

세월은 해마다 연말과 연시를 반복한다. 그러나 새해도 역시 오늘이다. 오늘은 시작과 끝이라는 운명을 지녔고, 과거와 현재를 연결하는 의미도 지닌다. 사람들 대부분의 과거는 후회다. 그래서 미래에 거는 희망은 더 크다.

그림자마저 도망가는 암흑 속에서도 세월은 흐른다. 모든 운명과 함께 세월은 잠시도 쉼 없이 과거로 쌓인다. 삶의 역사는 반드시 오늘, 지금의 순간에 이뤄진다. 삶의 가치를 채울 수 있는 날은 언제나 오늘, 지금뿐이다. "오늘의 일을 내일로 미루지 말라."는 속담은 금언金言중에 금언이다.

내일로 미루는 생각은 나태를 만들고, 패배를 만들고, 또 후회를 만든다. 내일은 오늘을 열심히 사는 사람들에게만 주어지는 시공의 의미다. 가느다란 시계초침 소리가 '재깍' 하고 스치는 순간마다 세월은 과거로 간다. 일 년이 바뀔 때마다 누구나 소망을 다짐한다.

처음 며칠 동안은 하루에도 몇 번씩 "세월은 오직 오늘뿐"이라고 다짐에 결심을 더하지만, 그러나 얼마쯤 지나면 결심은 느슨해진다. "내일도 있고, 또 모레도 있는 걸 뭐." 누가 '작심삼일作心三日'을 말했던가? 결심은 자칫 태만怠慢의 유혹에 무너지고 만다. 어느덧 나도 노추老醜의 부끄럼 앞에 섰다.

러시아의 문호 톨스토이(Tolstoy)는 세 가지 문제로 인생을 고심했다고 한다. "내 인생에서 가장 중요한 일은 무엇인가? 가장 중요한 때가 언제인가? 가장 중요한 사람은 누구인가?" 결론은 아주 간단하다. "지금 내 앞에 있는 사람과 지금 내가 하고 있는 일 지금 이 순간에 최선을 다하는 것"뿐이었다.

지금의 시간, 지금의 사람, 지금의 일 등, 철저하게 '지금'을 강조했다. 삶에는 내일이 없고, 미래가 없고, 나중이 없다는 분명한 경종이다. 내 생명도, 내 삶도, 내가 할 일도 바로 오늘, 지금 뿐이다. 오늘을 깨닫는 것이 바로 미래를 위한 삶의 지혜다.

(2019. 2. 4)

겨울이면 생각나는 옛맛

하늬바람 한줄기 싸늘하게 스쳐 지나면서 아파트 정원에 곱게 물들었던 가을빛도 하염없이 허공에 휘날린다. 볼테기 노래진 모과열매 몇 개만 높은 가지 끝에 매달려 스산한 바람결에 시름하고 있다. 입동을 지나는 세월의 풍경은 그래서 허전하고 우울하다. 대지를 녹여낼 듯 이글대던 폭염의 기세도, 윤기 번질대던 초록빛 오만도 소리 없이 야위어간다. 세월의 섭리를 누가 거부하고 부정할 것인가.

세월은 곧 우리 삶의 영고성쇠榮枯盛衰다. 황량한 아스팔트 위에 쏟아진 낙엽들이 갈 곳을 잃은 채, 찬바람에 휩쓸려 이리저리 방황하고 있다. 이때쯤이면 충만감을 잃고 허전함에 서성이는 석양 인생들의 마음속에도 우수憂愁가 찾아든다. 빛바랜 밀짚모자 아무렇게나 눌러 쓴 채, 텅 빈 들판에 홀로 남은 허수아비의 남루해진 독백이 찬바람에 나부끼는 시골길 들판 풍경도 아련히 떠오른다.

올해도 벌써 11월 하순이다. 달력 앞에서 세월을 산술해 보지만 시작도 없고 끝도 없는 세월은 헤아리는 것조차도 부질없는 짓이다.

나도 이제 살아온 날보다 살아갈 날이 훨씬 짧다. 인생이 허허롭고 떠나는 가을이 아쉽다. 섭리인 걸 어쩌랴…. 여름 다음에는 가을이 오고, 가을 다음에는 반드시 겨울이 오는 것을…,

　켜면 심사가 사나워지고, 끄면 궁금해지는 TV…. 거실바닥에 팽개쳐버린 리모컨을 다시 집어들고 소파에 주저앉아 TV를 켠다. 수다 떠는 젊은 리포터들의 호들갑이 메스껍고, 권력의 눈치나 보며 제멋대로 지껄이는 논객論客들의 편향적인 시사해설도 역겨워 죄 없는 채널만 이리저리 비틀어대는데 전화벨이 울린다.

　귀에 익은 목소리다. "형님, 지금 뭐 하십니까? 날씨도 쌀쌀한데 오늘 점심엔 얼큰한 해장국이나 한 그릇 하십시다." 주당酒黨 후배의 전화다. 거절할 이유가 없다. "그래! 이런 날은 얼큰한 비지해장국이 제맛인데…." 비지든 우거지든 '해장국'이란 단어는 어감語感만으로도 푸근해서 주당들에겐 또 한 잔의 구미를 부추긴다. 더구나 '비지해장국'은 옛날 어머니가 끓여주시던 고향 맛까지 더해준다.

　콧등에 땀방울이 송알송알 맺히도록 매콤한 고춧가루와 잘 익은 배추김치 푹신 썰어 넣고 끓인 얼큰한 비지해장국 한 뚝배기에 찬밥 한 덩어리 말아, 소주 한잔 곁들여 훌훌 퍼먹는 점심 맛은 상상만으로도 어제 마신 취기까지 후련해지는 주당들의 보양식이 아니던가. 안 그래도 날씨가 차가워지면서 옛날에 어머니가 끓여주시던 얼큰한 비지해장국 맛이 간절하던 참이었다.

　헐벗고 배고프게 성장했던 전후戰後세대들의 궁상스런 회억인가?

커다란 무쇠 솥에 잘 띄워진 비지 듬뿍 풀어 얼큰하게 끓여낸 해장국 맛은 향토색 짙은 퀴퀴한 냄새만으로도 군침 도는 별미였다. 작당(作黨)한 몇 사람이 찬바람 스쳐대는 목척교에서 만나 중앙시장 식당 골목으로 몰려가 비지해장국집을 찾아다닌다.

콩나물해장국, 북어해장국, 뼈다귀해장국, 선지해장국 등 별의별 이름의 해장국들이 골목마다 요란스런 깃발을 펄럭이며 호객(呼客)하고 있지만, 정작 내가 찾는 비지해장국집은 없다. 시대 차이인가. 세대 차이인가. 요즘은 두부요리에는 익숙해도, 두부의 부산물인 비지요리에 대해선 낯설다. 해장국집이 몰려있는 중앙시장 골목 몇 바퀴를 헤매 돌았지만 '비지해장국집'은 없다. 화학조미료 맛에 익숙해진 오늘의 시대에서 가난했던 시대의 토속음식 맛을 찾는 것은 나만의 고집이던가.

가을걷이 모두 끝낸 겨울 초입, 입동(立冬)때가 되면 농촌에서 마지막 큰일은 초가지붕 새로 덮는 일이었다. 이엉을 엮어 지붕을 새로 하는 날이 정해지면 어머니는 며칠 전부터 분주했다. 물에 불린 콩을 맷돌에 갈아 두부를 만들고, 부산물(副産物)인 비지는 대바구니에 담아 안방 아랫목 뜨끈한 이불 속에 띄웠다. 지붕 새로 덮는 날 일꾼들의 쉴참먹이 준비다.

퀴퀴한 냄새가 대문 밖 골목길까지 진동하도록 2~3일 간 안방 아랫목에서 띄운 비지 한 바가지에 배추김치 숭숭 썰어 넣고 거칠게 빻은 끝물 고춧가루 듬뿍 섞어 커다란 무쇠 솥에 장작불로 푹신 끓

여낸 텁텁한 비짓국 한 뚝배기에 막걸리 한 대접이면 웬만한 추위쯤
은 거뜬하게 이겨 낼 수 있었다.

　밤새 눈이 쌓이고 찬바람 매섭게 부는 깊어진 겨울에도 어머니는
맷돌에 콩을 갈아 두부를 만들고 비짓국을 자주 끓이셨다. 비짓국
끓이는 날이면 아버지는 식전부터 건넛집 아저씨를 불러들여 부엌
부뚜막에 걸터앉아 뜨끈한 비짓국 한 뚝배기에 막걸리 한 사발씩 나
눠 마시며 흡족해 하시던 모습은 반백 년이 넘은 지금까지도 눈에
선한 옛날의 고향 풍경이다.

　비짓국은 어릴 때 고향 맛이고 어머니의 손맛이다. 지금도 초겨울
찬바람 부는 날이면 옛날 어머니가 끓여주던 구수하고 텁텁한 비짓
국이 먹고 싶은 것은 나만의 추억이고 향수인가….

(2018. 11. 23.)

인생의 세월과 섭리의 세월

누가 말했던가. 늙으면 세월이 보인다고. 하루를 보내고 나면 하루만큼씩 내 삶의 시공이 좁아지는 변화가 보인다. 마신 만큼씩 빈 공간이 투명해지는 음료수병이듯, 내가 살아온 세월의 눈금이 산수傘壽를 지나 운명선線 밑금까지 닿아 있음이 빤히 보인다. 한 번도 가본 일 없는 낯선 길이건만 요행히도 지금까지 빠르게 그 길을 지나왔다.

돌아보면 굽이굽이 아득한 시공이었다. 남들 앞에 새치기한 것도 아니고, 남의 나이 도둑질해 먹은 것도 아니고, 분명 섭리대로 내 운명대로 살았는데…, 임계臨界점에 다다르니 괜히 살아온 날들이 죄지은 것만 같아 서먹해진다. 인생의 세월과 섭리의 세월은 서로 역비례逆比例하는가?

내가 출발한 인생의 시작점은 점점 멀어지는데, 앞으로 살아가야 할 세월의 종착점은 점점 가까워진다. 이미 신과의 약속된 세월이건만, 그런데도 어쩐지 섭리의 세월과 인생의 세월 사이에 산술적 착오라도 있는 것 같아 공상이 잦아진다. 나이 많은 게 흉이 아니고 죄도 아니지만, 그러나 결코 자랑일 수는 없다.

요즘은 젊은이들 앞에 나서기가 점점 멋쩍어진다. 말문이 막히고 심기心氣도 졸아든다. 청력도 약해지고, 시력도 침침해진다. 육체적 정신적으로 인생의 세월이 하루가 다르게 체감體感된다. 몸에 밴 아날로그적 감각으로는 디지털 세상 사람들과 어울릴 수가 없다. 생각도 언어도 행동도 세대차이 시대차이를 따라갈 수가 없다.

젊은이들과 또는 건강한 사람들과 함께 하려는 생각 자체가 노욕老慾이다. 사람들 많은 곳에 모습을 드러내기가 민망하기도 하다. 그렇다고 감추고 숨길 수도 없다. 또 그래야 할 이유도 없다. 인생의 세월이나 섭리의 세월은 더하기를 해봐도, 빼기를 해봐도 정답은 똑같다. 섭리의 세월은 무한하고, 인생의 세월은 유한有限할 뿐이다.

이제 내 인생의 세월은 서있는 것만으로도 가물댄다. 내가 나를 놓을 수밖에 없다. 이미 책임도 놓아버리고, 의무도 벗어났다. 이 세상에서 내가 해야 할 역할이 아무것도 없다. 공존의 조직 속에서 내 이름 석 자는 이미 지워졌다. 지금 내가 끌어안고 있는 것은 퇴색된 인생의 끝 단계 얼마 남지 않은 세월뿐이다.

지난날 직장생활이나 사회생활을 통해 인연이 되어 시작된 각종 모임들 대부분도 올해 초부터 탈퇴, 정리했다. 어떤 사람들은 늙을수록 주변에 친구들이 많아야 한다지만, 내 생각과는 다르다. 공사석公私席에서 날아드는 초대나 모임에도 가급적 나가지 않는다. 노추老醜가 민망하기 때문이다.

더구나 지난해(2018년 5월)부터 신체상(척추협착증과 디스크)각종 병증病症현상까지 심화돼 운신運身 폭이 점점 좁아지고 있다. 주변사람들과 행동보조를 맞출 수가 없다. 병든 육신을 이끌고 여럿이 모이는 장소에 나서는 것은 모두에게 부담을 준다는 생각이 앞선다.

벌써 본격적인 여름철이 시작됐다. 6월도 중순에 접어들었다. 현란하던 봄꽃들도 신록 속에 모두 묻혀 초록빛 통일 세상이다. 불현듯 어릴 때 고향 추억이 스친다. 이때쯤이면 산골 뙈기밭에 보리이삭 누렇게 익어가고, 뒤란 장독대 옆에 빨갛게 주저리 진 앵두열매가 가난했던 조무래기들에겐 군침 돌게 하던 때다. 헐벗고 배고프게 살아온 6.25전후戰後 세대들의 낡은 추억인가….

요즘에는 섭리의 계절은 있어도 삶의 계절은 없다. 겨울에도 여름철 과일, 채소가 지천이고, 여름에도 빙과氷菓류 얼음덩어리가 혹한 삼동 못지않다. 삶의 환경도 세대들의 의식도 천양지차로 변화됐다. '인생의 세월과, 섭리의 세월' 차이를 실감하게 한다. 섭리의 세월은 지금이 연초록 우거진 초여름이지만, 내 인생의 세월은 마른 풀잎들 찬바람에 서걱대는 겨울의 석양빛 언덕에 서있다.

창밖 아파트 울타리에 붉게 핀 장미꽃이 더 고와 보인다. 피가 끓던 청춘 시기에 인생의 향기 한 줌도 뿌려보지 못한 채 시들어지는 삶의 아쉬움인가…. 이젠 주변이 허허롭다. 유독 따라주는 게 있다면 소외감과 서글픔, 그리고 내 그림자뿐이다. 인생의 세월과, 섭리의 세월은 등식等式관계가 아니고 역비례관계임을 절감한다.

섭리의 세월, 여름은 내년에도 다시 온다. 그러나 인생의 세월은 가면 그만이다. 그림자마저 지워지는 어둠 속에서도 인생의 세월은 쉼 없이 간다.

(2019. 6. 12)

연명치료 거부서약

사람들이 죽음에서 벗어나려는 영생永生의 화두는 인류 역사만큼이나 오래다. 고대 바빌로니아의 서사시인 '길가메시(Gilgamesh)'는 영생을 찾아 헤매었으나 뜻을 이루지 못했다. 인류문명의 발상지 메소포타미아 지역 수메르인들의 도시국가인 '우룩'의 왕王이기도 했던 '길가메시'는 인간이 아닌 신神으로 추앙될 만큼 그 시대에 군림했던 영웅이었다.

그가 어느 날 갑자기 친구의 죽음을 맞았다. '길가메시'는 친구를 잃자 신에 대한 저항심이 발동했다. "인간에게 죽음이 없는 영생의 세상을 만들겠노라"며 비장한 결심으로 구도求道의 길을 떠난다. 그러나 죽음의 신은 '길가메시'의 영생永生 욕망을 결코 허락하지 않았다. 만약 죽음의 신이 그때 '길가메시'에게 영생의 길을 허락했다면 오늘의 인간세상은 어떤 모습이 됐을까?

굳이 '길가메시'의 고대 역사까지 들출 필요도 없다. 영생하려는 인간의 화두는 지금도 끝나지 않았다. 환자들로 북적대는 병원에 가보면 안다. 인간에게 영생의 화두는 앞으로도 영원히 이어질 것이란 사실을 깨닫게 한다. 그러나 인간의 죽음은 태어나는 순간부터 이미 신과의 약속이다.

그런데도 사람들은 그 약속을 불신, 거부하고 있다. 영생욕망은 지금도 '길가메시'시대와 다르지 않다. 모든 신앙의 본질도 영생, 재림, 구원이다. 그러나 안타깝게도 선교宣教적 수단이고, 인생들의 희망일 뿐, 섭리는 영생도, 재림도, 구원도 없다.

나는 며칠 전, 20여 년을 중증치매로 투병하다 생을 마감한 사촌제수의 애잔한 죽음을 보았다. 그분이 살아온 세월은 한마디로 인생형극이었다. 인권人權도, 인격人格도, 또 생명의 윤리까지도 아무 의미 없는 허상의 세월이었다. 그동안 본인과 가족들이 겪어낸 간병看病 고통은 형언하기 어렵다. 생명은 살았어도 의식은 죽은 지 오래된, 완전 망각의 삶으로 20여 년…, 겨우 호흡 기능만으로 병상에서 애처롭게 살아오다, 야위고 말라서 삭정나무처럼 시나브로 떨어지고 말았다.

사촌동생의 아내로서, 또 5남매의 어머니로서 착하게 살던 그 분에게도 내일을 설계하며 행복을 가꾸던 한때가 있었다. 그러나 운명은 잔인했다. 희로애락을 모두 망각해버린 채 20여 년간 투병으로 인생을 끝냈다. 인격의 존엄성까지 와르르 무너진 허무의 세월이었다. 한 줌의 재로 사위어든 인생의 종말을 짊어지고 저승으로 떠나간 그분의 죽음은 갑자기 들이닥친 불청객이 아니었다.

지극정성으로 간호한 사촌동생의 진실한 사랑이 없었다면 이미 오래 전에 초대된 죽음이었을지도 모른다. 어쩌면 생을 끝낸 본인도 이승에서 짊어졌던 망각의 고통보다는 저승에서 누리는 영혼의 자유와 안식이 훨씬 행복하리라. 부디 명복冥福을 기원祈願할 뿐이다. 하나를 빼앗아 가면 다른 하나를 다시 주는 신의 섭리에 나는 경배敬拜한다. 살아있는 동안 아무 의식 없는 삶이었기에 죽어서는 신의 축복과 안식을 누릴 것으로 나는 신을 충심으로 믿는다.

죽음은 모두에게 저주의 대상만은 아니다. 우리 주변 곳곳에서 "나는 죽고 싶다"는 간절한 애원의 소리도 들려오고 있다. 제도적으로 안락사安樂死 허용을 요구하자는 소리다. 2018년부터 연명치료 거부제도가 생겨 조금은 길이 열렸다.

우리 주위에는 삶보다 죽음이 훨씬 평안한 생명들이 많다. 자기 생명조차 의식하지 못하는 삶, 요양병원이나 호스피스 병동에서 최후의 순간만 기다리는 말기 생명들의 동공 흐린 눈빛들을 나와는 무관한 듯, 우리는 그냥 흘깃흘깃 쳐다만 보며 지날 때가 많다.

삶의 보람보다 무거운 고통을 끌어안고 회생될 수 없는 절망마저 잊은 채 의식 없이 살아가는 말기인생들의 인격권人格權의 인식기준도 이제는 재고再考돼야 하지 않을까. 제도적으로, 윤리적으로, 관념적으로 명예로운 죽음의 권리도 인정돼야 할 때다.

지금 우리는 문명의 시대를 관통하고 있다. 생명의 가치와 죽음에 대한 담론도 현실에 맞도록 변화돼야 한다. 아무 의식 없이 목숨만 할딱이는 회생 불가능한 삶에서 영생의 화두만 고집하는 제도나 관념은 고대 '길가메시'적 착각이다. 회생回生될 수 없는 절망에서 본인이나 가족이 선택하는 존엄尊嚴한 죽음도 인정돼야 한다. 있어도 없는 것처럼 소외된 인격의 고통을 '생명윤리'라는 명분으로 방관만 할 일은 아니다.

이제 삶은 양量이 아니라 질質이다. 기존의 제도나 관념도 변화돼야 한다. 죽음을 정중하게 맞이할 수 있는 인격도 소중하다. 죽음을 앞둔 사람에게도 인권人權이 있다면, 그 인격人格도 따라서 소중하게 보호돼야 한다. 내 나이도 올해 산수傘壽를 넘어 병고病故가 잦아지고 있다. 살아있는 자신이 측은해질 때가 많다. 어느 누가 뭐래서가 아니다.

아내를 간병하던 후유증 때문에 내 사촌동생까지 중증重症 뇌졸중腦卒中으로 쓰러져 투병중이다. 영생의 집착만으로 고칠 수 없는 아내의 병을 간호하다 또 다른 불행을 짊어졌다. 20여 년을 치매로 끝낸 사촌제수의 마지막 길에서 나는 내가 갈 길을 깨달았다. 어느 누구도 나는 아니라고 장담할 수 없는 게 운명이다. 이젠 나에게도 또 다른 병고가 언제 어떤 모양으로 찾아올지 모른다.

더구나 회생불능의 병고라도 발생될 때 내가 갈 길은 하나다. 나 스스로가 결정했다. 대학병원을 찾아가 연명치료 거부동의서에 서약했고, 국가생명윤리정책원에서 등록증까지 교부 받았다. 가족들에게도 알렸다. 생명의 윤리나 존엄성, 그리고 현행 제도나 관념 때문에 내 갈 길이 막혀선 안 된다. 이젠 나도 아름다운 마지막을 초대하고 싶다. 때가 되어 찾아온 죽음의 운명에게 조용히 목례를 드리며 함께 떠나고 싶다.

(2018. 11. 30)

목적과 목표는 다르다

혼돈하지 마라. 착각하지 마라. 목적目的과 목표目標는 다르다.

목적은 하고자 하는 일의 최종결과를 의미하고, 목표는 목적달성을 위해 단계별 결과를 의미한다. 목적은 포괄적 의미의 상위上位개념이고, 목표는 개별적 의미의 하위下位개념이다. 올림픽경기에서 금메달이 목적이라면, 우선 강건한 체력부터 갖추는 게 첫 단계 목표가 돼야 한다. 목적과 목표는 똑같은 사명이면서도 달성해야 할 책임과 규모는 다르다.

누구나 삶의 최종목적은 성공이다. 사람마다 인생관이 서로 다르듯 목적도 다르다. 누구는 정치가, 누구는 사업가, 또 누구는 예술가 등…. 목적달성을 위해서는 하위단계인 목표부터 단계별로 차근차근 완성해 나가야 한다. 일백층 빌딩 짓는 게 목적이라면, 1층부터 한 개 층씩 별도의 공정별 목표가 달성돼야 한다. 거창하고 화려한 목적도, 하위단계인 목표가 부실하면 모두 무너지게 된다.

학자 되는 게 목적이라면, 기초교육부터 전문교육까지 단계적 목표부터 하나씩 달성해내야 최종 목적인 학자도, 전문가도 될 수 있다. 목적과 목표는 '치밀한 계획'과 '성실한 노력'이란 공통분모를 갖는다. 목적이 원대하면 목표부담도 그만큼 무거워진다. 단계별로 목표가 충실하게 완성돼야 화려한 목적도 튼튼하게 이룰 수 있다. 그러나 오늘의 세태는 목적과 목표의 순서과정이 무시되기 예사다. 목표과정 없이 목적부터 달성하려는 이기주의적 허황虛荒된 사람들이 많다.

형설지공螢雪之功의 진리가 무너지고 '교활한 계략'과 '음흉한 모사'가 진리처럼 성행되고 있다. 정부조직 곳곳의 현실이 그렇다. 고등고시 보통고시 등 공직자로 나가기 위한 치열한 등용문登龍門 통과 개념이 없어지고 있다. 낙하산 타고 내려오는 변칙變則 성공이 부쩍 늘어나고 있다. 고통스러운 목표과정을 쉽게 뛰어넘어 화려한 목적만 챙기려는 교활한 기회주의가 판치고 있다.

정부 각 부처 산하의 행정부 권력부서마다 정치조직이나 통치권력 실세들을 등에 업은 사람들이 낙하산 타고 내려와 정무직政務職이란 간판을 달고 설쳐댄다. 실력, 서열, 경력과 관계없다. 책과 씨름하며 피 말리는 공부과정도 필요 없다. 기존의 조직서열을 무시한 채, 새치기로 올라서는 불순한 성공 사조思潮가 공직사회에 만연되고 있다. 심지어는 '어공(어쩌다 공무원)'들이 '늘공(직업공무원)'을 누르고 올라서기 예사다. 기존의 공조직 내부에 불만이 쌓이는 원인이다.

진실이 정도正道를 잃은 채 좌절하고 실망하기 예사다. 비정상이 정상을 밀어내는 사회풍조다. 비정규직들이 정규직 자리를 빼앗으려 소리치는 것과도 무관無關하지 않다. 목적과 목표의 가치가 전도되면서 선先과 후後, 선善과 악惡, 진眞과 위僞, 상上과 하下 등 순리적 도덕적 기존의 질서기강이 무너지고 있다.

'노력은 성공의 어머니'란 진실이 이제는 '요령이 성공의 어머니'로 등극하는 교활한 세상이 되고 있다. 변칙과 요령이 선善이 되고, 진실한 노력은 무능으로 밀려나는 악惡의 질서…. 최근 공직公職사회에서 숱하게 보는 사조思潮다. 심지어는 종교적인 이유로 국방의무를 면탈한 병역기피자들까지 '양심良心'이란 이름으로 합법화시키고 있다. 준법기강의 정도가 무너지고 있다.

상대적으로 국방의무에 충실했던 선량한 청년들이 '비양심'국민으로 전락되고 있다. 공정과 불공정의 가치가 전도돼 불신사회, 갈등사회가 되는 것이다. 사회가 무질서해지고 있다. "수단과 방법 가리지 않고 남보다 먼저 성공만 하면 된다."는 극단의 이기적 사조가 넘친다. 특혜 혜택 받는 사람들일수록 불평불만은 더 많다.

요즘 국가운영의 요직에 앉아 권력을 휘두르는 사람들 중 다수가 실정법을 위반했던 전과자들이다. 굳이 어디 누구라고 적시摘示할 필요도 없다. 모두가 목적달성을 위해 목표과정을 무시했던 사람들이다. 불변의 진리로 인식돼온 고진감래苦盡甘來 등식은 이제 깨졌다. 사회불안을 선동하는 시위투쟁만 열심히 하면 비정규직도 정규직이 되는 세상이다.

권력 측근에서 아부만 열심히 하면, 죽도록 책과 씨름하며 노력한 사람보다 먼저 성공할 수 있다. 선량한 준법의 노력보다 불량한 범법 전과자가 더 당당해지는 게 오늘의 현실이다. 그러나 순리는 변하지 않는다. 목표과정 없이 목적이 달성될 수는 없다. 순리를 거역하는 성공은 반드시 불행을 자초한다. 명멸해온 역사가 증거한다.

(2018. 11. 6.)

3

없어서 불편한 것들

세상은 쉼 없이 변한다

초가삼간 집을 지은 내 고향 정든 땅/ 아기염소 벗을 삼아 논밭길을
가노라면/ 이 세상 모두가 내 것인 것을/ 왜 남들은 고향을 버릴까/ 나
는야 흙에 살리라/ 부모님 모시고 효도하면서/ 흙에 살리라

1960~70년대 농촌 젊은이들이 목 메이도록 불렀던 유행가다. 나
도 그때 목이 터지도록 그 노래를 불러댄 초가삼간 세대다. 초근목
피草根木皮로 연명해온 비참했던 전후戰後세대들…, 생애구책生涯求策
을 찾아 시골 청소년들이 괴나리봇짐 싸들고 서울을 향해 무작정 가
출하던 시대, 단순한 유행가 차원을 넘어, 농어촌 젊은이들이 응어
리진 한恨을 토해내던 자학自虐의 외침이었다.

그 당시 농촌과 도시의 생활환경은 천양지차天壤之差였다. 특히 서
울은 이름만으로도 동경憧憬의 대상이었다. 시골 소년, 소녀들이 무
작정 서울을 향해 정처定處없이 가출했다. 가출한 청소년들은 주로
식당종업원이나, 공사판 잡부로 들어가 보수도 없이 겨우 숙식을 해

결했고, 소녀들은 거의가 가발공장이나 봉제공장 공순이가 되기 예사였다.

심지어 도시 뒷골목에서 웃음을 파는 매춘부로 전락한 소녀들도 있었다. 시골에서 태어난 것 자체를 비운運으로 절규했던 시대다. 돈을 벌기 위해 광부로, 간호사로 만리타국 독일獨逸까지 일자리를 찾아가기도 했다. 가난한 나라의 국민으로 태어난 운명을 한탄하며 현지를 방문했던 우리 대통령까지도 눈물을 쏟았다.

또 전쟁수당을 받아 가난한 부모님들의 생계를 돕기 위해 일부 장병들은 포탄이 비 오듯 쏟아지는 월남越南 정글에까지 파병되어 목숨 걸고 남의 나라 공산군과 대리전쟁까지 했던 시대였다. 오늘 우리가 구가謳歌하는 문명과 풍요의 뒤안길에는 자학의 노래 속에 얼룩진 선대들의 피눈물이 배어있다.

아! 대한민국…. 가난했던 민초들이 피눈물로 쌓아올린 나라다. 이젠 대한민국 전체가 서울이다. 도시도 시골도 구별 없이 평준화됐다. 국토 전부가 화려한 도시가 되고 관광지로 변했다. 세계 곳곳 후진국 사람들이 대한민국을 배우기 위해 몰려들고 있다. 명승지, 관광지마다 돈 물결이 출렁대고, 백화점 명품코너마다 사치 호사가 넘쳐나 장사진이다. 아! 아! 대한민국…, 눈물이 난다. 감격의 눈물이다. 과연 5천년 역사에 이런 날이 있었던가.

서울은 이제 이웃이 됐고, 전국은 반나절 생활권이 됐다. 외국여행을 이웃집 마실 다니듯 한다. 대한민국의 위상이 세계 경제대국

10위권 반열에 올라섰다. 누가 상전벽해桑田碧海를 말했던가…. 세대도 시대도 세태도 모두 바뀌었다. 사농공상士農工商으로 분류하고 백성을 차별했던 반상班常시대의 한을 모두 지워버렸다.

고된 농사일만 해야 하는 민초들의 심리적 불만을 달래기 위해 정략적으로 추켜세웠던 농자천하지대본農者天下之大本 시대도 완전 개벽됐다. 국민들 의식과 생활환경이 농촌, 도시 구분 없이 평준화됐다. 농사도 축산도 이미 기업화, 전업화를 넘어 첨단화시대로 변화됐다.

가난의 상징이던 농촌이 모두 아름다운 전원주택지로 바뀌었다. 모든 농사프로그램이 아날로그시대에서 디지털시대를 관통하고 있다. 유전공학이나 생명공학을 이용한 인공수정으로 각종 씨앗개량은 물론 우량가축이 생산된 지는 이미 오래다. 심지어는 된장 간장 고추장까지도 대형 공장에서 생산된다. 아! 대한민국…, 불과 반세기만의 개벽이다.

서울은 오랫동안 꿈의 도시였다. 조선朝鮮 개국 2년 후인 1394년 개경開京에서 천도한 이후 6백여 년 정치 경제 사회 교육 문화 등 나라의 모든 기능이 서울로 집중됐으니 그럴 만도 하다. 1960년대 며칠간 서울 친척집에 다녀온 동네 친구가 이웃사람들에게 자랑을 늘어놓으면서 서울 말씨를 흉내 내다가 웃음거리가 됐던 우리 동네 촌놈 얘기는 지금도 기억이 선하다.

불과 60여 년 전이다. 그때만 해도 시골사람들이 기차 타고 서울

구경 한 번 다녀오면 출세한 것처럼 어깨를 으쓱댔다. 이젠 그때의 서울도 아니고 그때의 농촌도 아니다. 서울은 이제 동경의 대상도 아니고 꿈의 도시는 더욱 아니다. 오히려 공해로 오염되고, 복잡한 교통, 각박해진 인심으로 기피忌避하는 도시가 되고 있다. 서울사람들이 역逆으로 시골풍경을 동경하기에 이르렀다.

제행무상諸行無常이라 했던가…. 문명과 풍요를 뽐내던 서울사람들의 행복 감각이 이미 시골로 역류하고 있다. 도시사람들은 이제 '내가 사는 최선의 진실이 무엇인가'에 대해 골몰히 생각하고 있다. 진실은 인식의 내용이 아니라 스스로가 직관으로 깨닫는 가치다. 서울 사람들이 시골로 역류하는 것은 양量적인 삶에서 질質적인 삶으로, 또 외형적 삶에서 내면적 삶으로 바뀌는 현상이다.

삶의 질과 양이 시골과 도시가 구분 없고, 구성원들의 의식수준도 시골과 도시가 평준화되고 있다. 자랑하고 뽐내던 서울 시대의 추억은 이제 희미한 야사野史가 됐다. '부모님 모시고 효도하면서 흙에서 살리라…'던 유행가도 먼 날의 추억되어 환청幻聽으로만 아련하다. 세상은 쉼 없이 변한다.

(2019. 2. 7)

아버지의 인감도장

책상 서랍을 정리하던 날이다. 소중하게 챙겨두었던 삶의 흔적들이건만, 세월에 밀려나 이젠 다시 잡동사니가 된 것들을 방바닥에 쏟아놓고 간추린다. 순간 생전에 쓰시던 아버지의 도장이 눈에 띈다. 깜짝 놀라 두 손으로 받쳐 든다. 반갑기도 하고 황망慌忙하기도 하다. 아버지의 실존 위상을 대신하던 인감도장이다. 구천에 계신 아버지를 나직이 불러본다. 아버지….

가무잡잡한 손때와 불그스레한 인주가 배어들어 반질반질 윤이 나던 옛 상태 그대로다. 살아계실 때 맥박이듯 내 손에 떨림이 전해온다. 사용하신 세월만큼 글자는 조금씩 닳았지만, 가부可否간 결단력이 철저하시던 생존 시의 성격처럼 아버지의 존함尊銜석자 三字가 획劃 하나 손실 없이 완벽하다.

재질材質은 비록 나무지만 아버지의 실체와 영혼이 오롯이 배어있다. 33년 전에 타계하신 아버지의 영혼이 환영幻影되어 선명하게 떠오른다. 겉으로는 엄하고 단호하시던 성격이었지만, 안으로는 자식

사랑 가족 사랑이 극진하셨던 아버지의 두터운 정이 사무친다. 호천망극昊天罔極, 오호통재嗚呼痛哉라….

　일제식민치하에서 벗어난 8·15광복 후 사회적 혼란기와 연이어 터진 6·25남침전쟁 후유증에 헐벗고 주린 배 참아내며 연명하던 때 가족 먹여 살리려고 장리쌀 계약서에도 찍은 도장이고, 내 학비 충당을 위해 금융조합金融組合 대출계약서에도 찍은 도장이 아니던가. 도장을 찍을 때마다 무거운 채무債務 부담으로 고뇌에 찼던 아버지의 모습이 뇌리를 스친다.

　도장을 두 손에 받쳐 들고 앉아 시대적으로 요동쳤던 아버지의 일생을 돌아본다. 삶의 굽이마다 무겁게 짊어지셨던 아버지의 고달팠던 생애가 생각할수록 목이 멘다. 도장을 찍을 때마다 책임과 의무, 자존심까지 담보해야 하는 마음의 부담이 얼마나 크고 무거우셨을까. 시대적으로 권리보다는 책임이 무거웠던 아버지의 인생역정이 고스란히 배어있는 징표徵表가 바로 인감도장이다. 옛날 인감도장의 위력은 실체를 넘어 명예와 인격, 책임과 법력法力, 자존심까지도 상징했다.

　아버지는 1984년 6월 19일(음) 74세를 일기로 세상을 떠나셨으니 그 존함이 호적부에서 지워진 지 올해로 33년만의 상봉이다. 도장을 들고 앉아 망연한 마음으로 구천을 향해 나직이 아버지를 다시 불러본다. '그래 나 여기 있다…'고 여울지는 영혼의 대답이 구만리 저승에서 환청幻聽되어 들려온다. 아버지….

도장에 인주를 묻혀 하얀 종이 위에 조심스레 찍어본다. '柳字 周字 衡字'가 선명하게 돋아나는 세 글자 속에서 아버지의 옛날 모습이 더욱 또렷하게 떠오른다. 아버지의 체온과 맥박까지 느껴진다. 한 시대 우리 집 호주戶主 위상 그대로 그 위엄이 조금도 흐트러짐 없으시다.

옛날 호주의 인감도장은 엄격한 법력法力을 지녔다. 생존 시 아버지는 거처하시던 안방 아랫목 머리맡에 항상 무쇠자물통이 매달린 검붉은 색 향나무 궤짝 하나를 놓고 사셨다. 우리 집 1호 가보인 재산 서류와 인감도장을 보관했다. 비료나 석유배급 받을 때, 또는 동네 이장, 반장이 필요하다고 요구할 때는 막도장만 내주고 인감도장은 철저하게 궤 속에 보관하셨다. 인감도장은 아버지가 아니면 식구 누구로 사용할 수 없었다. 인감도장의 위상과 권위는 곧 아버지의 존엄이었다.

아버지는 항상 '도장 한 번 잘못 찍으면 패가망신한다'는 인식이 철저하셨다. 빚 보증서에 도장 잘못 찍어주고 낭패당하는 사람들이 이웃에서도 종종 있었다. 인감도장은 가부간 의사결정권을 상징하는 법률적 효력을 가지고 있었다. 찍었느냐 안 찍었느냐. 또는 진짜냐 가짜냐 사용의 진위 따라 집안의 흥망성쇠까지도 흔들어댈 만큼 막강한 영향력이 전승돼온 게 인감도장의 위력이고 존엄이었다.

이제는 인감도장의 위력이 사실상 마감됐다. 2012년부터 제도적으로 도장과 서명署名(Sign)을 임의대로 선택 사용하기 시작했다.

선진국처럼 도장을 대신한 서명이 보편화되고 있다. 은행업무도 도장대신 서명으로 가능하다. 준엄하던 인감도장의 법률적 지위가 사실상 소멸된 것이다.

우리나라의 문명과 문화 수준도 선진국시대에 진입했음을 의미하는 변화다. 인감제도는 일제日帝 식민치하植民治下인 1914년도에 도입됐다. 인감도장이 지닌 권위수명이 1세기만에 다한 것이다. 하기야 조선시대에도 수결手決이란 사인제도가 있었다. 친압親押이라 하여 임금도 직접 수결을 했다.

양반가에서는 주요한 계약문서에 도장 대신 글자모양을 그려 서명했던 기록들은 지금도 쉽게 볼 수 있는 유물이다. 글자를 모르는 상민이나 천민들은 수촌手寸이란 서명방법을 썼다. 문서에 손바닥을 대고 손의 윤곽을 그려 넣는 방법이다. 엄격했던 인감도장 권위와 기능이 이제 서양식 사인(Sign)에 밀려나고 말았다.

세월 무상, 변화무상이다. "도장 함부로 찍는 게 아니다."를 강조하시던 아버지 말씀이 다시 떠오른다.

(2017. 1. 9.)

내가 살아온 시공의 의미

저녁 먹고 7시쯤 잠자리에 들면 어김없이 11시쯤에 깬다. 식구들이 모두 잠들어 있어 집안은 캄캄 적막이다. 그때부터 나는 3~4시간씩 몰려드는 공상들과 엎치락뒤치락 씨름을 한다. 부질없는 사유思惟가 구만리 장천에 오르기도 하고, 천길 암흑 속 미몽의 절벽 아래로 떨어져 허우적대기도 한다. 적막삼경은 불면의 시간이고 번민 고뇌들에게 시달림을 당하는 수난의 시간이다. 무슨 청승인지, 이미 없어져버린 옛 고향집도 찾아가고, 수십 년 전에 돌아가신 부모님도 만나 뵙고, 또 세상 떠난 고향의 옛날 친구들도 찾아다닌다.

공상도 자유라고 했던가. 아니다. 공상의 시간은 형벌의 시간이다. 거실의 괘종시계 무거운 울림이 새벽 2~3시를 알릴 때까지 온갖 번민과 공상들이 오장육부를 더듬고 심연까지 파고들어 제멋대로 휘젓고 다닌다. 도망칠 곳도 없고 피할 곳도 없다. 거실로 나가 창문 커튼을 슬며시 제쳐 본다.

3월의 봄밤은 아직도 무겁고 차갑다. 가족들이 곤히 잠든 시간에 거실에 불을 켜고 혼자서 부스럭대기도 애매하다. 다시 서재로 들어와 탁상 등을 켜고 멍~하니 책상 앞에 앉아 천정을 올려다본다. 뇌리에서 춤판을 펴고 있는 정체불명의 잡념 공상들이 아직도 심란하게 뛰어댄다.

이런 시간에 반짝대는 문장 한 토막이라도 떠오르면 얼마나 좋을까…. 그래도 삼경의 적막을 함께 해줄 친구는 컴퓨터뿐이다. 눈이 침침하고 정신도 몽롱하지만 자판기 앞에 앉는다. 버튼을 눌러 모니터를 켜고 마우스가 가자는 대로 이곳저곳을 기웃거려본다.

내가 살아온 길, 또 내가 살아갈 길을 돌아다니며 구석구석 더듬어보지만 막상 글 한 줄 써 내릴 제재題材 하나 잡혀 들지 않는다. 공상 따라 껑충 뛰어 허공으로 날아도 보지만 잡히는 것은 즐비하게 늘어선 망상과 허상, 잡념들뿐이다. 내 능력으로는 컴퓨터와 마주 앉아 같이 놀기도 버겁다.

컴퓨터가 너무 영리해서 자판기조차도 섣부르게 건드리기가 조심스럽다. 자판 하나 잘못 건드렸다가 낭패 본 일이 한두 번이던가. 지금 내 나이에, 또 내 수준에 내가 할 일이 무엇일까? 암담해진다. 지금까지 한시도 거르지 않았고, 촌치의 순간도 빼먹지 않고 열심히 살았다.

잠시도 도둑맞은 일 없이 꼬박꼬박 지켜 살아왔건만 그 푸르던 젊음, 그 많던 사유 어디에 다 빼앗겨버리고 삼경에 홀로 앉아 공상에 시달림당하고 있는지? 들뜬 포부에 허우적대고, 이루지 못할 이상에 흥분하고, 또 따르지도 못할 욕망에 매달려 끙끙대 온 세월….

부끄럽고 허망해 누구한테 하소연할 수도 없다.

남보다 가난했고, 남보다 못 배웠고, 남보다 명석하지도 못했다. 그러나 결코 남들 앞에 비굴하지 않게 살기를 갈망하고 노력했다. 많은 고통과 싸우며 어려움과 아픔을 삭여내는 마음으로 살았다. 또 추악한 오명을 남기지 않으려고 바르게 살기를 노력했다. 옛날 아버지의 가훈이 정직이었다.

도망치려 해도 도망칠 수도 없고, 벗으려 해도 벗어날 수도 없기에 희로애락 모든 걸 내 몫으로 짊어지고 열심히 살았다. 아니! 조금씩 거짓말해도 될 일도 요령 없이 아둔하게 살았다. 80여 성상星霜을 넘어 어느덧 내 인생은 오늘이라는 시점에서 불면삼경에 찾아든 고뇌 번민들까지 짊어진 채, 귀향歸鄉을 재촉하고 있다.

무無에서 태어나 잠시 유有의 공간에서 머물다, 다시 무無 속으로 돌아가야 하는 인생길 임계臨界점에 이르렀다. 아무리 외쳐 봐도 대답조차 없는 지나간 세월이 안타깝고 야속하다. 때로는 웃다가 울고, 울다가 다시 웃으며 살아온 무지몽매無知蒙昧한 삶…. 울컥울컥 목울대를 치받는 서러움인들 어찌 없었으랴….

어느덧 사회적 구성원으로서의 자격조차 상실한 지 오래다. 기억마저도 점점 희미해진다. 체력도 의욕도 기울고 있으니 내가 할 짓이 없다. 내 삶의 공간은 날마다 좁아지고 있다. 의무도 책임도 또 존재해야 할 구실도 이미 다 빼앗겼다. 주변에 친구들도 시나브로 고향 길로 떠나고 있다.

허무라는 단어의 의미가 손끝에 잡힌다. 내 것인 줄로만 생각했던 시공도 알고 보니 모두 허무였다. 청춘의 추억만 빈껍데기 되어 인생 석양 길에 짓밟히는 낙엽처럼 측은하게 나뒹군다.

며칠 전 일이 언뜻 떠오른다. 유등천변 산책길에서 낯선 20대 젊은이를 만났다. 같은 의자에 앉아 쉬고 있던 청년이 갑자기 "할아버지 올해 몇 살이세요" 하고 나이를 묻는다. 멍하니 앉아있는 모습이 측은해 보였던 모양이다. "나도 옛날엔 자네들처럼 젊었을 때가 있었지…" 얼버무렸다.

남의 나이 빼앗아 먹은 것도 아니고, 도둑질해 먹은 것도 아닌데 젊은이 앞에서 나이 밝히기조차 쑥스러워진 까닭은 무엇이었을까. 청년이 훌쩍 어디론가 가버린 뒤 멍하니 홀로 앉아 봄빛 밝아진 3월 하늘을 올려다본다. 흰 구름 한 무리가 유유히 떠간다. 저게 바로 내가 살아온 시공의 의미구나….

누구나 나이 들면 늙어지는 것은 당연하건만 스스로가 측은해지고 울적해지는 것은 왜일까. 늙는다는 것은 다음 세대와 삶을 교대하는 과정이다. 허무도 아니고 서글픔도 아니다. 부족함도 아니고 부끄러움도 아니다. 인생길은 지나봐야 안다. 나도 어느새 아버지 시대를 지나 할아버지가 되어, 이젠 삼경에 잠까지 빼앗겼다.

희로애락을 스치는 동안 자신도 모르게 늙어가는 것이 누구에게나 삶의 실체가 아니던가. 몇 시간을 공상과 씨름했지만 창밖은 아직도 어둠이 무겁다. 사람들은 모두가 희망을 노래하지만, 희망도 미래도 도전도 모두가 늙음으로 가는 길이다. 내가 살아온 시공의 의미다.

(2017. 3. 20.)

눈 오는 날 麻谷寺 풍경

　눈 오는 날 마곡사麻谷寺 풍경은 한 구절 서사시의 백미白眉다. 건너편에서 바라다보면 가히 환상적이어서 뽀드득뽀드득 눈길을 걸어서 해탈문, 천왕문을 지나 극락교極樂橋에 이른다. 여기부터가 바로 부처님의 땅, 불국정토인가…. 잡티 하나 섞이지 않은 온통 순백의 설원雪原이다. 감히 설백雪白 정토淨土 위에 발자국 하나 남긴다는 것만으로도 사바세계娑婆世界 중생들로선 부처님의 가피加被다. 온갖 번뇌와 갈등, 오욕칠정五慾七情으로 더럽혀진 내가 순백의 극락정토에 이를 수 있다는 것은 천행天幸의 희열喜悅이 아닐 수 없다.

　무술戊戌년 세모다. 친구와 망년기념 산행山行차 마곡사가 자리한 공주公州 사곡寺谷면 태화산泰華山을 찾은 날이다. 대전에서 출발할 때까지 맑던 날씨가 오전 11시쯤 산에 오르기 직전부터 갑자기 하늘이 무거워지더니 함박눈이 쏟아져 세상풍경을 온통 설원으로 덮는다.

　무량한 하느님의 조화인가. 부처님의 조화인가. 깨달음 없는 졸부

중생에겐 은총이며 행운이다. 아예 등산은 포기했다. 주차장에 차를 두고 눈길을 걸어 마곡사 경내로 든다. 온통 설국雪國으로 변한 석가모니 땅은 이름 그대로 극락세계다. 무지한 중생의 마음에도 법향法香 한 가닥이 진하게 전해온다.

동행한 친구와 함께 경건한 마음 모아 불전佛殿을 향해 합장묵도하고 눈 덮인 대광보전大廣寶殿 하얀 앞뜰에 들어선다. 벌써 5층 석탑을 돌아나간 어느 도반道伴의 간구懇求한 염원이듯, 눈 위에 움푹움푹 예쁘게 찍힌 발자국 몇 개가 남기고 간 기원祈願의 뜻이 선연하다.

마곡사는 범일梵日, 도선道詵, 보조普照 국사가 주석主席했던 역사 깊은 충청지역 제일의 대가람이듯, 눈 덮인 풍경이 더욱 경건하고 장엄하다. 경내 곳곳에 서있는 고목들 가지 끝마다 바람소리들이 하얗게 눈꽃 되어 조롱조롱 매달린 정경들은 마치 새봄에 피어날 파란 영혼들의 형상이듯 영롱하다.

꽃피는 봄과 단풍 고운 가을에만 찾던 산행의 통념을 벗어나 눈 덮인 겨울의 마곡사 풍경을 나는 일찍이 경험해 보지 못했다. 불사佛事를 돕기 위해 기와 한 장, 불전 한 푼도 바친 적이 없었건만, 법당 좌대 위에 앉아 목탁소리만 듣고 사는 부처님은 천년지기 이웃이듯 오늘도 빙그레한 미소다.

부싯돌 불빛처럼 번쩍 떠오른 망년忘年 나들이치고는 공교로운 행운이다. 태화산맥泰華山脈의 설경을 두르고 앉은 마곡사 절터가 명당임을 한눈에 읽게 한다. 면사포 쓴 새색시처럼 겨울의 산세가 수줍은 듯 부드럽다. 내 마음의 거처가 산사山寺이던가. 불경 한 줄도 모르면서 말뚝 같은 사념이 뇌리에 깊숙이 꽂힌다. 틈만 나면 나무아미타불 관세음보살을 봉독하시던 옛날 어머님 모습도 환영幻影되어 떠오른다.

부지런한 어느 스님의 선행善行은 벌써 법당과 요사寮舍채를 연결하는 곳마다 눈을 쓸어 길을 냈다. 자연의 조화로 열린 바닷길처럼 하얗게 쌓인 눈을 쓸어 대웅전 부처님께로 향한 인연의 길을 열어놓았다. 방대한 팔만대장경도 마음 심心자字 하나 속에 다 놓인다고 했던가….

눈을 쓸어 부처님께 인연의 길을 이어놓은 스님의 마음이 연상된다. 긴 염불을 봉송할 때보다도 더 깊고 간절한 불자佛子의 진심을 모았을 것이다. 어떤 문장가는 "사람들은 누구나 절망이 닥쳤을 때보다 행복이 닥쳤을 때가 더 불안해진다."고 했다. 각박하고 쪼들리는 삶속에서 행복에 익숙해 보지 못했기 때문일 것이다.

행복이 사라지는 순간의 허탈감과 상실감은 불행을 안고 살 때보다도 더 견디기 힘들다는 의미다. 아무도 밟지 않은 하얀 불국정토에 발자국 하나씩 찍어놓고 간다는 게 중생들의 마음은 왠지 조심스러운 행복이다. 고승高僧 서산대사西山大師가 남긴 선시禪詩 한 구절이 언뜻 스친다.

(전략) 오늘 내가 남기는 발자국은/ 뒤에 오는 사람의 이정표가 되리니… (今日我行跡/ 遂作後人程)

바르게 살기를 가르치는 의미의 교훈이다.

경내 곳곳에 놓여있는 의자마다 극락세상을 기원하는 중생들의 영혼이듯, 하얀 눈송이들이 소복소복 도란도란 앉아있다. 회개와 각성을 깨닫는 불심들의 형상 같기도 하고, 뒷산에서 지줄대던 산새들의 노래 소리가 소복하게 앉아 있는 것 같기도 하다. 어쩌면 부처님과 인연된 영혼들의 형상 같기도 하고, 또 새봄을 기다리는 삼라만상의 인연들이 함께 앉아 소곤대고 있는지도 모른다.

마곡사는 신라 선덕왕 때 고승高僧 자장율사慈裝律師가 국경을 넘어 백제 땅으로 와서 의자왕 2년에 창건한 전설의 고찰이다. 마곡사 터는 태극형을 이루는 태화산맥의 명당으로, 정감록과 택리지에도 기록됐다는 것이다. 마곡사는 고려 문종 때(1070년) 승려들이 모두 떠나 폐사廢寺된 후 1백여 년간 도둑들의 소굴로 전락되었던 비운의 역사(불교신문 70호 8면기사)도 가지고 있다.

고려 명종2년(1172년) 때 보조국사가 도둑들을 몰아내고 논밭 2백결(160만 평)을 하사받아 퇴락한 사찰을 다시 불교성지로 중흥시켰다. 그 후 또 다시 임진왜란과 병자호란 등의 외침을 거치면서 소실되고 파손되는 수난을 거듭하며 오늘의 승가대찰에 이르렀다. 지금도 대광보전 앞뜰에는 시련의 역사를 지켜온 5층 다보탑(보물 제799호)이 마곡사의 상징이듯, 굴곡 많던 대가람의 역사를 전승하고 있다.

예부터 마곡사는 춘 마곡春麻谷이라 일렀다. 신록이 피어나는 봄

풍경이 아름답다는 전설이다.

그러나 눈 덮인 설 마곡雪麻谷의 진경珍景을 미처 보지 못한 사람들의 편견이다. 하얀 눈꽃이 펄펄 날리는 날, 마곡사의 실경은 나같이 아둔한 감성조차도 차라리 눈을 감아야 할 만큼이나 감명 깊은 절경이다. 내 평생 처음 보는 행운이다. 아무나 볼 수 없던 설 마곡의 선경仙境과 진경眞景을 모두 보았다. 하얗게 덮인 설원 산중山中의 겨울 마곡사를 봐야 불국정토, 그 장엄하고 정숙한 진수眞髓를 깨닫게 된다.

(2017. 12. 14)

없어서 불편한 것들

　갑작스런 복부통증으로 구급차에 실려 병원으로 갔다. 응급실 담당의사가 "어디가 얼마나 아프냐."는 물음에 통증痛症 부위는 대충 설명할 수 있었으나, 얼마나 아픈지에 대해서는 객관적으로 설명할 수 없어 "아이고 죽겠다…"고 비명만 질러댔다. 진찰을 끝낸 의사는 시큰둥한 표정으로 "맹장염은 본래 아픈 것"이라며 "수술순서를 기다리라."고 했다.

　날마다 듣는 환자들의 비명에 면역이 돼서인지, 의사의 직업적인 말투가 통증에 소리치는 환자의 급한 사정을 무시하듯 퉁명스럽기까지 했다. 부아통까지 보태진 듯 통증은 더욱 심해졌다. 응급처치를 받아도 진정 기미가 없다. 얼마 후 간호사가 "수술환자들이 밀려 한 시간은 더 기다려야 한다."는 통보다. 친절미 없는 간호사 역시 지극히 사무적인 메마른 말투다. 통증이 극심한 환자 입장에서 기다림은 단 1분이라도 형극이었다.

　몸부림치며 흘린 땀으로 누워있던 병상이 흠뻑 젖었다. 옆에서 지켜보던 사람까지도 안타까워 동동댔다. 툭 하면 인술仁術을 떠들고 첨단의술, 첨단장비를 광고하던 병원 측의 과장된 상술商術에 속은 것 같은 울화까지 치밀었다. 환자들의 통증을 질質과 양量으로 측정하는 계측기計測器가 있었다면 외래환자 치료 순서에 완급緩急 기준이 달라졌을 것이란 생각이 언뜻 들었다.

수술 다음 날이었다. 오후 회진하는 의사에게 수술 전에 겪었던 상항을 설명하며 진료순서를 결정하는 병원 측의 고답적 처사에 개선을 요구하는 불평을 토로했다. 그러자 그 의사도 역시 "그런 계측기는 아직 없습니다. 병원에 도착하여 접수한 순서대로 선생님의 맹장염도 의사의 소견 따라 순서 지켜 수술했다."며 공정하고 객관적이라는 설명이었지만, 태도는 훈계하듯 당당했다. 병상에 누워있는 환자 입장에서 누가 의사 말에 대립하는 감정적 논쟁을 펼 수 있을까. 부아통은 치밀어도 참는 수밖에….

회진을 끝내고 의사가 나간 다음 혼자서 곰곰이 생각해 보았다. 종합병원의 의사는 병을 치료하는 전문 기술자일 뿐, 진료 체계나, 서비스 체계, 진료장비 개선 등 병원의 전체 운영체계를 개선하고 보완하는 결정은 병원장의 책임이 아니던가. 외래환자의 진료순서는 예나 지금이나 똑같이 접수순이다. 병원을 찾아온 환자들은 모두가 빠른 진료를 원하는 것은 누구나 똑같은 사정일 것이다.

아픔의 질량質量이나 고통의 경중輕重을 계측하는 객관적인 측정기가 있다면 진료서비스 수준도 환자 중심으로 한 차원 개선될 수 있을 텐데 말이다. 의사는 자기분야 환자의 병증病症과 경중輕重 상태는 알아도, 통증痛症의 경중과 질량에 대해서는 환자의 호소만으로 예측할 뿐이다. 이제는 각종 병증에 대한 환자별 통증정도를 객관적으로 계측할 수 있는 '통증측정기'도 출현할 때가 됐다. 최근엔 구속을 피하기 위한 지능적 '꾀병환자'들까지도 병원으로 끼어들고 있다. 진위眞僞분별을 위해서도 '통증측정기'가 더욱 필요한 이유다.

우리의 일상 중에서 가장 많이 거래하는 것은 마음과 정이다. 가족 간, 이웃 간, 또는 동료 간, 연인 간에 끊임없이 주고받은 정과 마음의 질량質量 차이 때문에 서로가 의심하고, 갈등하고, 충돌하고, 분쟁하는 경우가 비일비재하다. 내가 너를 위해서 얼마나 마음을 쏟았는데…. 또는 내가 너 때문에 정신적 충격이 얼마나 컸는데…. 내가 너를 얼마나 사랑했는데… 등. 모두 질량을 헤아릴 수 없는 주장들이다.

그러나 서로가 주장하는 만큼의 마음이나 우정, 사랑을 계측하고, 증거하고, 판단하는 객관적이고 투명한 방법은 없다. 마음과 정은 그 질과 양을 계량할 단위單位도 없고 측정하는 도량형기度量衡器도 없다. 서로가 주고받는 뜨거운 사랑의 온도가 몇 도나 되고, 그 차이는 얼마나 되기에…. 친구 간에 쌓아온 우정의 두께가 몇 인치나 되기에…. 또는 무거운 침묵의 가치는 도대체 몇 kg이나 되고, 믿고 신뢰하는 신용은 얼마나 두텁기에 등.

모두가 주고받은 마음과 정의 차이 때문에 발생하는 갈등이지만,

객관적으로 계량하고 측정하고 증거하는 방법이 없다. 도량형기나 법정기준단위가 만들어진 것은 모두 물질적 거래에 국한된 것들뿐이다. 지금까지 마음이나 정신의 진위眞僞를 탐지하는 공식 측정기기는 범죄 수사용 '거짓말 탐지기'뿐이다. 일상에서 서로가 주고받는 마음과 정의 질과 양을 측정하는 '마음거래용 계량기'가 있으면 얼마나 좋을까.

마음거래용 측정기가 개발되면 음흉한 계략이나 모략 사기 등으로 발생되는 숱한 분쟁 갈등, 범죄의 원인까지도 쉽게 규명할 수 있을 텐데 말이다. 마음과 정, 진실과 위선, 또 통증의 질과 량을 측정할 수 있는 도량형기개발은 이제 시대적으로 시급한 과제다. 공정하고 투명한 사회질서를 위하여….

(2019. 10. 24)

죽은 자와 산 자

어처구니없을 때는 귀가 막히고 말문도 막힌다고 했던가. 감정이 극점極點을 넘어 자기가 자기감정을 다스리지 못할 땐 실성失性도 한다 하던가. 실성은 죽음보다도 더한, 내가 나를 잃는 인생 비극의 정점이다. 목불인견目不忍見이다. 비통이 겹친 어느 상가喪家의 안타까운 빈소殯所 광경이다.

검은 상복에 상주리 본까지 가슴에 단 젊은 미망인이 비보를 듣고 찾아오는 조문객들은 본체만체 하고 상주석 옆에 철퍼덕 주저앉아서 자기 혼자 비실비실 히죽대고 있다. 제단 영정 앞에는 비통이 무엇인지, 슬픔이 무엇인지조차도 헤아리지 못하는 7살, 5살짜리 어린 아들 형제만 영문도 모른 우두커니 서있다.

46살의 젊은 가장이 갑자기 비명횡사非命橫死했다. 차라리 죽은 자보다도 산 자들의 슬픔이 더 무거운 액상厄喪이다. 오죽하면 상주가 자기 정신을 주체하지 못한 채 실성까지 했을까. 제단 옆에 털퍼덕 주저앉아 히죽히죽 입모습만 실룩대고 있는 40대 여자 상주의 실성한 미소가 섬뜩함마저 안긴다.

제단 위에 올라앉아 태연하기만 한 망자亡者의 영정사진이 문상객들의 가슴을 더욱 아프게 움켜쥔다. 꿈엔들 예감이나 했을까. 미래가 창창한 젊음에 예고 없이 찾아든 마지막 운명의 한계는 미명微明의 새벽이었다. "평소처럼 새벽 운동을 나갔다가 교통사고를 당했다."는 것이 망자 형(박○평 씨)의 설명이다.

무엇인가 이루고자 함에 대한 집착과 갈망이었을까, 아니면 내리누르는 삶의 무게를 이겨보려는 몸부림이었을까. 아침밥을 준비하던 아내는 형체조차 알아볼 수 없이 일그러진 남편의 시신을 확인하는 순간, 어떤 말도 잊은 채, 그만 그 자리에서 털퍼덕 주저앉아 정신을 잃고 실성해버렸다는 것이다.

자기 정신력으로는 도저히 이겨낼 수 없는 청천벽력 같은 육중한 비운의 충격이 정수리를 내려친 것이다. 그 순간부터 망자의 아내는 말을 잃었고, 슬픔도 잃었고, 모든 감정도 잃었다. 그리도 살갑던 의식이 갑자기 백치白痴로 변했다는 것이다. 문상객이 누군지도 아랑곳없다. 의식 없이 몸통만 살아 상주석 옆에 주저앉아 천정을 쳐다보며 계속 입술만 히죽대고 있다.

비보를 듣고 달려온 문상객들마다, 슬픔이 무엇인지도 모른 채 제단 앞에 시무룩하게 서 있는 어린 아들 형제를 쳐다보고 혀를 찬다. "이럴수록 정신 차려야 한다고…, 저 어린것들의 장래를 봐서라도 마음 다잡으라고…" 지켜보는 사람들까지도 안타까워 동동거리지만 흐트러진 안 상주의 의식은 쉽게 수습이 안 되는 모양이다.

남편의 죽음 따라 아내의 마음도 함께 갔는가, 혼자 짊어질 수 없는 슬픔과 고통의 무게가 안 상주의 의식마저 흩뜨려놓았는가. 끌어안기도 하고, 풀어내기도 해야 할 까마득한 현실 앞에서 "동생까지 정신을 놓으면 저 어린것들은 누가 어떻게 할 것이냐고…" 친언니 같은 여인네가 옆에 앉아 팔을 부여잡고 흔들어대며 통곡을 하지만 의식도, 표정도 잃은 안 상주는 여전히 스스로를 다잡지 못한 채 히죽댄다.

인간의 비참悲慘함이란 어디까지일까. 가소假笑인지, 고소苦笑인지, 아니면 저주咀呪인지, 자학自虐인지…. 슬픔이 지나쳐 어쩌지 못할 땐 헛웃음도 토해내기 마련이라고 했던가. 혼魂이 빠지고 기氣까지 자지러드는, 소리 없는 절망의 포효咆哮일 것이다. 의식 없이 히죽히죽 흘리는 안상주의 실성한 미소가 차라리 땅을 치는 통곡보다 참담하다. 인간사 현실 속엔 이토록 가혹하고 비참한 함정도 존재해야 하는가. 박살 나도 반짝대는 유리 파편 같은 삶은 없을까? 방울 하나 흔들어 세상의 고통을 다 풀어내는 요술 같은 지혜는 없을까.

깊어갈수록 모르는 것이 더욱 많아지는 인간의 삶을 신은 정말로 알고 있을까. 만약에 알고 있다면 너무도 잔인하다. 궁금하고 또 궁금하다. 신은 하나를 빼앗아 가면 반드시 하나를 돌려준다고 했다. 앞길 창창한 46살 남편의 생명을 빼앗아 갔으니 실성한 미망인의 가슴에 올바른 정신만이라도 다시 채워줄 수는 없을까….

죽은 사람보다도 더 슬픈 산 사람들의 아픔, 살다보면 멀리하고 싶은 고통과 슬픔 때문에 무릎 꿇게 되는 일들이 어디 한두 가지던

가. 저 어린 형제가 앞으로 깨닫게 될 불행과 절망은 누가 어떻게 보듬어줄까. 운동 나간 아빠의 새벽길이 어린 형제의 운명에 기로가 될 줄이야. 안타깝다.

보다 힘차게 살아보겠다고, 보다 열심히 살아보겠다고, 이른 새벽부터 달음질을 쳤지만 신은 그의 운명에 더 이상의 기쁨도 슬픔도 허락지 않았다. 경찰에서 CCTV를 분석한 결과 횡단보도를 건너던 중 과속차량에 치인 사망사고란다. 거부의 몸짓조차 허락지 않는 비운의 길이었음을 누가 감히 짐작이나 했을까.

죽은 자는 차라리 편안하다. 인연 하나 끊고 가면 그만이지만, 남아 있는 가족들이 짊어지고 살아야 할 참담함은 어쩔 것인가. 준비 없는 죽음, 비명횡사, 이보다 더 큰 불행은 없다. 갑자기 말문이 막혀버린 실어증失語症, 창백한 얼굴에 비실비실 흘리는 실성한 미소, 바라보기조차 섬뜩하다. 죽은 자와 산 자, 그 경계는 순간의 차이다.

(2017. 3. 18)

멋지게 산다는 것

좋은 옷만 골라 입고, 맛있는 음식만 골라 먹으며, 좋은 집에 사는 것만으로 기준하던 멋의 시대는 갔다. 의식이 바뀌고 세태가 변화하면서 멋의 기준도 변화되고 있다. 찢어진 청바지, 몸에 맞지 않는 헐렁한 옷, 다림질 없는 구겨진 옷 등…. 멋없는 멋이 화려한 멋을 제치는 게 요즘 세태의 멋이다.

무술戊戌년 새해가 시작됐다. 내가 살아온 세월도 어언 80여 성상을 넘어선다. 멋지게 살았는가. 천賤하게, 추醜하게 살았는가. 스쳐간 희로애락喜怒哀樂들을 이놈저놈 들춰보지만 파란만장한 세월, 모질게 살아온 흔적뿐이다. 시대의 역사가 그랬고, 태어난 운명이 그랬다. 고달픔의 연속이었다.

일제日帝 식민역사 말기에 태어나 광복과 6·25전쟁을 비롯해 국토분단, 좌우익 이념 갈등, 5·16, 5·18 등 수없는 내국內國적 분쟁과 소요가 요동친 격동기를 거쳤다. 그리고 초근목피로 연명하던 미개未開와 가난의 시대까지 짊어지고 고난의 역사를 넘어왔다. 그래서 멋진 삶이 더 꿈이었다.

프랑스 시인 랭보는 "불행 중 다행히도 인생은 단 한번뿐"이라고 했다. 삶이 얼마나 고통스러운 것인지를 암시적으로 가르치는 말이다. 랭보의 명언은 내 인생에도 적중했다. 돌아보면 평생을 구차하고 옹졸하게 살았다. 잠시도 내 마음대로 멋진 삶을 살아보지 못했다.

사람은 누구나 멋지게 살기를 원한다. 고군분투 노력하는 것, 또 경쟁하고 갈등하는 것도 모두가 멋지게 살기 위한 과정이다. 멋지게 산다는 기준이 무엇인가, 재물인가, 권세인가, 명예인가? 아니면 학문인가, 예술인가, 양심과 정의인가? 사람마다 모두가 멋의 기준은 다르다.

나는 진실 지켜 양심과 정직으로 사는 것을 멋으로 생각했다. 이웃들이 언제라도 속마음 털어놓고 삶의 애환을 편하게 이야기할 수 있는 믿음의 상대가 된다는 것은 최상의 멋이라고 생각했다. 평생을 살면서 경험적으로 깨달은 멋은 권력이나 재력 학력이 아니었다. 믿음이고 진실이고, 양심과 정직이었다.

군림하는 학력, 실력, 권력, 재력보다는 사람들이 서로 믿고 따를 때가 가장 멋스러운 양심이었다. 조금은 오만하고, 조금은 아집이 강하더라도 양심과 정의 편에 우선하는 권력이라면 어느 누구도 욕하고 배척할 수 없는 멋쟁이 권력이라고 믿었다. 열심히 노력해서 정직하게 성공의 금자탑을 쌓았다면 최고의 멋쟁이다.

학문이나 예술도 그렇다. 진실이나 양심, 정직이 빠지면 아무리

고고한 학문도, 심금을 울리는 예술도 감동의 멋을 잃는다. 양심을 지켜 정직할 때, 굳이 누가 말하지 않아도 피어나는 멋의 향기는 남들이 먼저 알고 평가한다. 정직한 사람은 반드시 군림한다. 누구나 믿고 따른다.

인격이 아무리 뛰어나도 따라주는 사람이 없을 때는 서글프다. 요즘 카톡에서는 70대 인생을 신新중년, 80대 인생을 초로初老장년이라고 한다. 장수 인구가 증가하면서, 늙은 세대들에게 붙여진 새로운 호칭이다. 호칭에 걸맞게 삶의 몫을 다하고 살아야 한다는 시대적 요구이기도 하다.

젊은이들에게 효도 봉양을 기대하지 말고 신중년답게, 초로장년답게 자기 노력으로 살라는 간접적 의미다. 선인들은 지분지족知分知足을 가르쳤다. 누구나 분수 따라 사는 것을 멋으로 꼽았다. 권력, 재력, 학력, 경력 따위를 자랑하는 것은 늙은이들의 추태醜態다. 늙은이들은 늙은이 분수를 깨닫는 것만으로도 멋이다.

손이 아무리 커도 베풀 줄 모른다면 수치고, 발이 아무리 넓어도 머물 곳이 없다면 부덕不德이라고 한다. 학문이나 재력, 권력이 출중하고 고고해도 양심과 정직, 진실을 모르면 무식만도 못하고, 야인野人만도 못하다. 지식은 책이나 일상의 정보 속에서 배우지만, 인격과 덕망은 인생의 내공에서 무르익어 생기는 멋이다.

마음에서 우러나는 진실한 정직과 양심으로 풍겨나는 숙성된 인격의 향기가 최고의 멋이다. 요즘 우리 세태는 자기도취에 빠진 허상의 멋쟁이들이 넘치고 있다. 어느 문장가는 "인생은 순간마다 최후"라고 했다. 단 1초도 미래를 살아본 사람은 없다는 의미다.

　그런데도 요즘 20년, 50년, 1백 년을 떠들며 미래가 모두 자기 것인 양 탐욕을 소리치는 오만한 사람들이 있다. 세상은 가짜 멋쟁이들의 춤판이 되고 있다. 진정한 멋쟁이는 스스로를 내세우지 않는다. 진실한 양심과 정직으로 살면 주변 사람들의 신망과 존경이 자연스럽게 따른다. 그 사람이 바로 최고 멋쟁이 인생이다.

(2018. 1. 2)

생명의 가치, 감사의 본질

　나는 보았다. 아버지의 농사 일터로 음식을 만들어 머리에 이어 나르시던 어머니 따라다니며 보았다. 아버지는 논, 밭 일터에서 음식을 드실 때면 반드시 밥 한 술 미리 떠내 '고수레' 예의부터 바치셨다. '고수레'는 한 톨의 곡식이라도 더 생산할 수 있도록 농신農神에게 기원하는 간절한 농부들의 신앙의식이며 하느님을 향한 진실한 경배敬拜의식이었다.

　옛날엔 곡식 한 톨의 가치가 신앙의 가치와 동등同等했다. 할머니 어머니들은 마당이나 뜰 안에 곡식 한 톨만 흘렸어도 천벌天罰을 걱정하시며 소중하게 주워 담았다. 모든 곡식은 신이 주신 생명의 가치로 여겼다. 때문에 '고수레'는 미신의 차원을 넘어 농신農神에게 감사하는 농민들의 생활 실천이었다.

　배가 불러진 요즘 세대들은 곡식의 가치를 모른다. 소중하다거나 아깝다거나, 감사하다는 생각이 전혀 없다. 정부가 곡식을 가축 사료 원료로 사용토록 했다는 보도가 나온 지는 이미 오래전이다. 이젠 사람의 양식이 가축의 사료와 동등해졌다. 곡식 가치가 폭락하자 농촌에서 농신農神에 대한 경배사상도 무너졌다.

이젠 곡식의 가치보다 물水의 가치가 더 높아졌다. 옛날에 물은 아예 가치의 개념에도 포함되지 않았었다. 낯선 나그네에게도 한 바가지씩 퍼주던 게 넉넉한 물 인심이었다. 그러나 이젠 물의 가치가 곡식보다 높아졌다. 물값이 수입해 들이는 중동산中東産 기름값보다도 비싸졌다. 이름만으로도 허기졌던 춘궁기나 보릿고개도 없어졌다. 땅에 흘린 곡식 한 톨의 가치를 하느님으로 비유하던 시대의 가난은 문명과 풍요가 모두 몰아냈다. 곡식이 남아돌아 지천이다.

농민들의 농사개념도 달라졌다. 농촌의 상징이던 농사도 축산도 모두 기업화 기계화 자동화 첨단화 정보화됐다. 사실상 농촌에서 농심은 없어졌다. "부모님 모시고 흙에 살리라…"던 유행가 시대는 추억마저 지워졌다. 농심農心이 천심天心이던 때도 옛날이다. 오히려 농촌 인심이 도시 인심 뺨칠 정도로 변화됐다.

하나주면 하나는 빼앗아가는 게 신의 섭리라 했던가…. 농촌의 천심들은 없어지고 혼돈의 황사바람만 거칠게 휩쓸고 있다. 툭 하면 주먹 휘둘러 하늘을 쳐대며 농신에 대한 저항 시위도 서슴지 않는다. 우연인가, 필연인가? 곡식의 가치가 무시되면서부터 농심들의 심성도 거칠어졌다.

식량은 곧 생명이고, 농사는 곧 생명산업이다. 생명을 지켜주는 궁극적 본질은 지식도 아니고 종교도 아니다. 또 강자의 권력도 아니고, 가진 자의 재력도 아니다. 식량가치를 우선하던 천심이 바로

서야 사회정의도 바로 선다. "곳간에서 인심 난다."는 말은 옛이야 기다.

국가도 사회도, 학문도 종교도, 어떤 가치도 곡식을 먹어야 존재한다. 곡식을 가꾸어내는 '고수레' 신앙의 본질이 무너지면 자비신앙도, 사랑의 종교도, 또 사회질서도 국가 질서도 모두 무너지게 된다. '고수레' 신앙은 종파와 이념을 뛰어넘는 생명신앙의 본질이다.

곡식이 없으면 생명이 없고 생명이 없으면 신앙도 없다. 즉 신앙의 본질은 생명이고, 생명의 본질은 식량이다. 식량이 있어야 생명이 존재하고, 생명이 존재해야 모든 종파의 신앙도 존재한다. 식량에 대한 경배신앙은 농심들이 한 술로 지켜오던 '고수레' 신앙보다도 오히려 불교나 기독교 의식儀式이 더 간절하고 진지하다.

불가에서는 식사 때마다 스님들이 발우鉢盂(밥그릇)를 감싸 잡고 앉아 반드시 식량에 대한 감사 게송偈頌을 읊는다. "이 음식이 어디서 어떻게 왔는가. 내가 행한 덕행으로는 받기가 부끄럽습니다. 온갖 욕심을 버리고 육신을 지탱하는 약으로 알아 불타정각의 지혜인 보리菩提를 이루고자 이 공양을 감사히 받겠습니다." 스님들의 감사 기도는 불가佛家신앙의 기본적 진실이다.

또 기독교신앙도 다르지 않다. 식량에 대한 감사기도는 철저하다. 식사 때마다 두 눈을 감고 경건한 마음을 모아 가슴에 두 손 합장하고 기도를 한다. "주님! 오늘도 우리에게 일용할 양식을 주셔서 감사합니다. 주님께서 주신 음식을 먹음으로 인하여 제 육신이 건강해지고 삶이 풍성할 수 있도록 은혜를 내려 주소서, 아멘…." 생명의 가치는 곧 식량의 가치이고, 식량의 가치는 곧 신앙의 본질이다.

농심들의 '고수레' 신앙은 인간의 양심이고, 모든 신앙의 근본이다. 농신農神을 숭배하는 '고수레' 신앙은 미신迷信이 아니다. 불교나 기독교가 증거한다. 종파를 뛰어넘는 생명 가치이고 진실의 신앙이다.

(2018. 1. 29.)

욕심과 행복의 역비례

욕심에 구속된 불행에서 벗어날 수 있는 행복을 가진 사람은 과연 몇 명이나 될까? 진정한 행복은 어디 누구 몫일까? 오로지 자기 일에만 열심하고 사는 정직한 사람들을 주변에서 종종 본다.

어느 날 오후였다. 아파트 현관문을 나서자 청소하던 아주머니가 활짝 핀 미소로 반갑게 인사를 한다.

"좋은 일이라도 있으세요?" 하고 물으니, 오늘 1천만 원짜리 적금을 탔다는 자랑이다. 그 행복이라니…. 3년 동안 쥐꼬리 같은 월급을 쪼개 부은 적금이란다. 그는 목돈의 가치보다 내년 학기 막내아들 대학 진학자금이 생겼다는 기쁨이 더 크다며 싱글벙글이다. 그 행복한 얼굴을 쳐다보는 내 마음까지도 덩달아 행복해진다.

행복은 나 스스로가 만든다. 남들이 만들어주는 것도 아니고, 밖에서 굴러들어오는 것도 아니다. 내 마음속에서 생겨난다. 먼 곳에 있는 것이 아니다. 작은 일상 속에서 만나는 행복이 더욱 귀중하다. 우리 아파트 청소담당 아주머니의 싱글벙글한 행복도 평소에 자기가 만들어 온 것을 비로소 느끼고 깨닫는 것이다.

사는 방법은 서로 달라도 삶의 목표는 모두 행복이다. 행복은 누구에게나 최선의 가치이자 삶이 추구하는 최고의 화두다. 돈으로 매수할 수도 없고, 권력으로 뺏을 수도 없다. 그렇다고 요행도 아니고 욕심은 더더욱 아니다. 오로지 진실과 성실뿐이다. 행복은 정직하게 노력하는 사람에게만 찾아가고, 깨닫는 사람에게만 찾아간다.

절대로 '탐욕'이 아니고, '공짜'도 아니다. 언제나 어디서나 긍정적인 생각, 진실한 마음으로 깨닫는 사람의 몫이다. 분배의 원칙이나 제한 기준도 없다. 다만 행복을 만드는 방식은 사람마다 다르다. 인생관의 차이다. 아파트 청소원으로 일을 하든, 뙤약볕 쏟아지는 논밭에서 농사일을 하든, 또 환경 좋은 사무실에 앉아 컴퓨터 클릭 한 번으로 대박을 터뜨리든….

행복은 누구도 차별하지 않는다. 다만 진眞과 위僞, 선善과 악惡만 차별하고 이기심과 이타심만 가린다. 우리는 일상에서 곧잘 '속상하다'는 말을 쓴다. 자기 마음대로 이뤄지는 게 없다는 의미다. 곧 불행함을 뜻하는 말이다. 청소원 아주머니는 남편 사별 후 살길을 찾아 나선 것이 청소용역업체에 취업하게 됐다. 고정으로 일거리가 생겼다는 것만으로도 다행이었다.

아주머니의 희망은 막내아들 대학공부 시키는 것이었다. 고3인 막내아들을 새봄에 대학 보내기 위해 3년 전부터 아파트 청소원으로 궂은일 하면서도 불평 없이 매월 적은 월급에서 쪼개어 동네 은행에 적금을 부었다. 바로 오늘 아침에 1천만 원이란 행복이 마음속으로 들어왔다. 누구나 목표를 달성할 때가 가장 행복한 것이다.

아무리 큰 가치라도 만족이 없으면 불행이고, 아주 작은 가치라도 만족하면 큰 행복이 된다. 아버지를 여읜 막내아들의 대학진학자금을 마련한 홀어머니의 그 기쁨, 그 행복을 무엇에 비기랴.

지분지족知分知足이란 말이 있다. 사람이 자기 분수를 알아야 만족도 깨달을 수 있다는 교훈이다. 분수는 탐욕을 바로잡는 기준이다. 분수를 알고 노력할 때 희망은 행복이 되지만, 자기 분수도 모르고 탐욕만 키울 땐 자칫 절망이나 불행으로 역류되기도 한다. 지식, 권력, 재산과도 다르다. 남의 눈에는 보잘 것 없어도 내 마음이 기쁘고 만족하다면 그것이 곧 행복이다.

행복과 불행의 차이는 곧 분수를 아는 사람과 모르는 사람의 차이다. 억만장자에게 1천만 원은 아무것도 아니지만, 청소원 아주머니에게 1천만 원의 가치는 더없이 큰 행복이다. 행복은 때와 장소가 없다. 무심하게 스치는 일상 속에서도, 또 대단치 않은 일과 속에서도 행복은 소리소문없이 오고 간다.

누구나 삶 속에서 가장 아름다운 말은 '행복'이다. 또 일생을 살면서 가장 희구希求하는 가치도 행복일 것이다. 인간은 누구나 행복을 향한 희망 때문에 살고 있다. 폐지를 모으는 수입으로 생활하는 영세한 할머니에겐 동전 몇 개도 행복이다. 도로변에 흰색 페인트로 선을 그어놓고 매연을 마시며 주차요금을 징수하는 것이 생업인 장애인도 그 일에 만족하면 행복이다.

분수를 깨닫는 희망일수록 매달리는 행복의 가치는 더 아름답다. 욕심만큼 진실이 따라야 행복도 비례해서 커진다. 우리는 누구나 생활 속에서 행복과 불행을 무상하게 넘나든다. 내 분수를 아는 희망과, 그 희망을 위해 실천하는 노력의 진실만이 행복의 조건이다. 내가 나를 깨닫지 못한 채 욕심만 키우면 행복은 역으로 작아진다.

(2015. 10. 4)

가난하다는 진실

신은 하나를 주면 반드시 하나를 빼앗아간다고 했다. 그래서인가. 가난할 때는 천심같이 착하던 인심들이 문명과 풍요가 넘쳐날수록 점점 황폐화되고 있다. 요즘 TV 앞에 앉기가 섬뜩하다. 툭하면 부모가 자식을 죽이고, 자식이 부모를 죽이는 처참한 패륜悖倫 보도가 이어진다. 오늘도 재산을 물려주지 않는다고 늙은 어머니를 살해한 패륜아의 흉악한 범죄 현장을 검증하는 장면이 TV화면을 채운다.

또 얼마 전에는 '가난하다'는 이유 때문에 어린 자식들이 쌔근쌔근 잠든 방에 불을 질러 3남매를 모두 불에 태워 숨지게 한 '비정한 엄마'사건이 보도됐다. '진자리 마른자리 갈아 뉘시고…' 가난하던 옛날에 그토록 부르던 〈어버이의 은혜〉는 모두 거짓말이었나? 가난이란 이유 때문에 피로 이어진 인륜, 천륜마저 패륜이 되고 있다. 인간의 가치관이 인륜, 천륜보다 재산과 돈이 우선으로 변했다. 포악한 짐승들도 피로 이어진 제 종족들끼리는 서로 아끼고 산다.

먹고살기가 급해 앞뒤 가리지 않고 생애구책으로 몸부림치던 시대에도 듣고 보지 못하던 흉악한 범죄가 연달고 있다. 이젠 우리 사는 세상도 사치호사가 넘치고 있다. 백화점이나 유명상가 명품 고니마다 돈 물결이 출렁인다. 명승지 관광지마다 인파가 몰려 바가지 상혼으로 북새통이다. 사지육신만 멀쩡하면 일터도 많아졌고, 돈벌이 기회도 많아졌다. 부지런히 노력하면 모두가 잘살 수 있는 세상이다.

좋아진 세상인데도 행복을 노래하는 사람은 하나도 없다. 너나없이 극도의 이기주의만 넘치고 있다. 네 불행이 곧 내 행복이다. 편한 직장, 좋은 대우만 찾아다니고 일확천금의 대박만 꿈꾼다. 굴러온 돌이 박힌 돌을 밀어내기 예사다. 범법이 준법을 밀어내고, 위선이 진실을 몰아내고 있다.

범법 전과자들이 권력 상부층에 앉아 준법을 소리치며 비양심이 양심의 등 뒤에서 칼을 꽂고 있다고 있다. 삶이 부유해질수록 인륜, 천륜은 가난해진 지 오래되었고, 도덕이 무너진 곳에서 패륜 불륜만 넘쳐나고 있다. 초근목피로 연명하던 옛날에도 천심만은 지키고 살았다.

등 따습고 배불러지면서 착하던 인간 심성들이 점점 흉악해지고 있다. 권력욕심에 집착한 정치가의 인기를 의식한 선심성 '공짜 정책'을 남발해온 것도 사회악을 조장한 원인중 하나다. 어린이부터 노인까지 모두가 '공짜' 사조思潮로 넘치고 있다. 경제논리상 '공짜'란 없다.

삶을 스스로 개척하려는 젊은이들의 노력은 줄어들고, 교활한 요령으로 '공짜'만 노리는 기회주의, 이기주의가 늘어나면서 윤리도덕적 가치관은 더욱 황폐해지고 있다. 오늘의 '공짜'는 내일의 빚이다. 당장의 인기만 노리는 정치가 '공짜'라는 유혹으로 후세들을 빚더미속에 파묻고 있는 셈이다.

무너지는 건 국가재정이고, 무거워지는 건 민초들의 세금 부담이다. 복지정책이 도度를 넘어 곳곳에서 몰염치 파렴치한 역기능과 악순환이 병폐로 쌓이고 있다. 가난할 때는 없었던 풍조다. 서로가 불신하고 갈등하고, 비양심과 몰인정이 판치고 있다. '공짜'특혜로 사는 사람들일수록 불평불만은 더 많고 크다.

그들은 툭하면 '반사회'적 '반국가'적 시위선동이나 일삼으면서 사회불안을 키우기 예사다. '공짜'가 남발된 부작용이다. 노력 없는 '공짜'는 자칫 심리적 질병을 유발케 한다. 육체적 질병은 통증으로 자각되지만, 정신적 질병은 자신도 깨닫지 못하는 불행이 된다.

어릴 때 추억이 주마등처럼 스친다. 논에 철렁하도록 담아진 물이 꽁꽁 어는 겨울철이면 동네 애들은 썰매타기 팽이치기 연날리기가 유일한 놀이였다. 너나없이 머리엔 기계충, 얼굴엔 마른버짐, 몸통엔 크고 작은 종기腫氣부스럼을 달고 살았다. 학교에서는 60여 명 같은 반 학생 중 점심 도시락 가져오는 학생은 5~6명에 불과했다. 점심시간이 되면 찬바람 몰아치는 교실 뒤편 우물가로 우르르 몰려가 두레박으로 찬물을 퍼마시며 허기를 참아냈다.

가난했지만 서로간의 우정은 따사로웠다. 호주머니 속에 넣어온 누룽지 한 쪽, 고구마 한 뿌리라도 서로 나누어 먹으며 깔깔댔다.

학교에서 1주에 한 번씩 저금통장 검사를 하며 학생들에게 검소하고 절약하는 가치를 철저하게 교육했다. 그 세대 그 정신들이 바로 오늘의 문명과 풍요를 일궈낸 주역들이다. 독일의 시인 괴테는 "눈물 젖은 빵을 먹어보지 않은 사람은 인생을 모른다."고 했다.

요즘 세대들은 눈물 젖은 빵의 가치를 모른다. 사치와 낭비가 미덕으로 인습되고 있다. 학교도 사회도 국가도 바르게 가르치려는 곳이 없다. 교육자들 스스로가 정치이념에 편승해 학생들에게 올바른 교육을 소홀히 한다는 보도가 나온 지는 이미 오래다. 오늘의 문명과 풍요가 초근목피로 연명하던 6·25남침전쟁을 겪은 세대들의 피눈물로 이룩한 결과라고 진실을 가르치는 곳도 없다.

사람에게서 윤리도덕을 빼면 짐승이다. 삶이 부유해질수록 사람들의 윤리도덕이 메말라지고 있다. 국가위상을 세계 경제대국 반열에까지 올려놓은 6·25 전후 세대들의 피땀 어린 눈물의 가치가 '공짜' 사조에 짓밟히고 있다. 툭하면 '공짜'세대들의 이기주의적 섬뜩한 아우성…, '가난했던 역사를 외면하면, 또 다시 가난의 고통이 돌아온다.'는 고사故事는 불변不變의 진실이다.

(2017. 12. 21)

짐승만도 못한 인간세상

넘치지도 않고 흐르지도 않는 바닷물이 염장鹽藏을 한 채 쉼 없이 출렁이는 까닭은 썩어 혼탁해지지 않기 위한 자정自淨의 섭리라고 한다. 인간 세상도 다르지 않다. 각양각색의 사람들이 모여 사는 공동체가 혼탁하지 않게 살아갈 수 있도록 조물주는 인간들에게 사명使命과 도리道理를 주었다. 사명은 제도적 의무와 책임을 말하고, 도리는 개인 모두가 스스로 깨닫는 자율적 양심과 정의를 말한다.

더구나 사람들에게는 만물萬物의 영장靈長이라는 최고의 명예까지 주었다. 사명과 도리에 앞서 사람마다 양심과 정의를 지켜 살도록 한 것이다. 조물주의 배려는 치밀했다. 사람들마다 일상 속에서 사명과 도리, 양심과 정의를 지켜 살 때 인간사회도 바닷물처럼 투명하고 밝은 질서가 유지될 것이라고 믿었던 것이다. 그러나 시대가 문명화 되고 풍요가 넘치면서 사람들 스스로가 사명과 도리를 짓밟고 있다.

짐승 세계는 양심이나 정의, 사명이나 도리가 없다. 인간사회도 이젠 짐승세계를 닮아가고 있는 듯 사람들마다 양심과 정의가 점점 무디어지고, 사명과 도리가 자정작용自淨作用을 상실한 채, 개인과 공동체 질서가 극도의 이기주의와 독선주의에 혼탁해지고 있다. 양심과 정의를 농단하는 탐욕과 비리가 곳곳에서 드러나고 있다. 강자가 군림하고 지배하는 약육강식弱肉强食의 동물사회로 퇴화되고 있다.

사람에게서 양심과 정의를 빼면 짐승이다. 겉으로는 양심과 정의를 지키는 만물의 영장靈長인 척 하면서 속으로는 음흉하고 사나운 짐승세계로 변화되고 있는 게 오늘의 인간사회다. 일상의 언어행태부터 사나워졌다. 눈만 뜨면 서로가 서로에게 "짐승만도 못한 놈" 또는 "개돼지 같은 놈" 등의 저주와 욕설 퍼붓기를 상습화하고 있다. 만물의 영장이기를 부정하고 저주하는 말씨를 생활화하고 있다.

세상인심이 결국 욕설辱說처럼 변하고 있다. 예부터 '말은 씨가 된다.'고 했다. 또 '말은 인격의 표현'이라고도 했다. 저주 욕설을 퍼부어 대며 서로가 서로의 인격을 부정하고 있다. 인격은 곧 만물의 영장으로서 갖춰야 할 사람의 품격이다. 이미 '짐승만도 못한 놈'들로 타락한 인격들이 세상 곳곳에서 설쳐대고 있다. 흉악한 패륜悖倫과 불륜不倫 범죄가 해마다 늘어나고 있다.

때와 장소도 없고, 지위地位 고하도 없으며, 부끄러움도 모르는 파렴치 몰염치한 범죄들이다. 휘하麾下에 거느린 숱한 민생民生들을 살펴야 사명과 도리를 짊어진 방백方伯들이 시뻘건 대낮에 관청 사무실에서 부하 여직원과 음탕하게 놀아난 사건들은 사명과 도리가 무너진 인간사회의 극단적 타락이다. 만물의 영장이란 인격도 간곳없고, 사명과 도리, 양심과 정의도 간 곳이 없다.

짐승만도 못한 인간 세상이 현실로 증거되고 있다. 더욱 기막힌 현실은 잘못하고도 부끄러움을 깨닫지 못하고 있다는 점이다. 되레 '무엇이 문제냐'는 듯, 패거리들의 몰염치 파렴치가 소리치고 있어 더욱 가증스럽다. 인간사회 질서가 더욱 혼탁해지고 있다. 교활한 어느 도백은 정보기술을 이용해 세상의 여론까지 조작하다가 들통나 재판을 받고 있다. 인간에게 주어진 사명과 도리, 양심과 정의가 짐승들의 탐욕으로 변질되고 있다. 배고파서도 아니고, 헐벗어서도 아니다.

사명과 도리를 외면한 권력쟁탈전은 가히 이전투구泥田鬪狗다. 범법犯法 전과자들의 비양심이 준법遵法질서를 지켜 산 양심과 정의 위에 군림하고 있다. 윗물이 흐려지면 자연 아랫물도 흐려진다. 아마 지금쯤은 조물주가 후회할지도 모른다. 허기야 일찍부터 말세론末世論을 떠들던 사람도 있었다. 말세란 사람들에게서 '만물의 영장'이란 명예가 소멸되는 세상을 말하는 것이다.

이미 인간세상은 선악과 진위조차 분별 못하도록 혼탁해지고 있다. 비양심이 양심을 누르고, 부정이 정의를 짓밟는 것쯤은 예사여서 사명과 도리를 지켜 사는 사람들이 방향을 잃고 있다. 준법遵法의 보루가 돼야 할 상부권력층들이 거리낌 없이 범법犯法의 선두가 되고 있다. 내가 하는 적폐는 감춰두고 남의 적폐만 청산하라고 소리친다. 강자가 군림하는 짐승사회와 다르지 않다.

이념과 지조志操로 뭉쳤다는 정치패거리들끼리도 변절, 배신이 다반사다. 최근에 몰락한 어느 정당의 정치사政治史가 웅변하고 있다. 자기 당 출신 대통령까지 탄핵 선동해서 감옥에 잡아넣은 후, 이합집산하며 민초들의 양심과 정의마저 배반하고 있다. 조물주가 인간에게 준 사명과 도리, 양심과 정의가 실종된 증거다. 짐승들도 먹이를 주는 주인에겐 꼬리치고 주억대는 예의를 안다.

사명과 도리, 양심과 정의가 혼탁해진 짐승만도 못한 인간세상….

(2019. 11. 4)

4

섭리는
변하지 않는다

섭리는 변하지 않는다

무더위가 절정이다. 아침부터 피서대란避暑大亂 보도가 TV화면을 채운다. 공항, 기차역, 버스터미널마다 피서 여행 인파로 북적대고, 지방도, 국도, 고속도로가 모두 피서차량들로 대혼잡이다. 집을 나서는 것조차 고생인데도 피서행렬은 극성이다. 세상 사조思潮는 변했다. 아무리 고생길이라도 즐거우면 찾아간다.

옛날 어른들은 7월의 무더위를 "오곡백과 지으시는 하느님의 조화"라며 느긋하셨다. 염천더위가 숨 막힐 듯 쏟아지는 한낮이면 마당가 정자나무 그늘 밑은 동네 이웃들의 피서지였다. 낡은 종이부채 하나씩 들고 앞가슴 풀어헤친 채 모여앉아 초록빛 일렁이는 들판을 바라보며 풍년으로 다가올 가을 생각에 더위를 참고 견디었다.

섭리에 순종하던 천심天心들에겐 여름이면 더워야 하고, 겨울이면 추워야 하는 게 당연한 순리였다. 이제는 인성人性들이 조급해져 더위도 추위도 참으려 하지 않는다. 오늘도 전력부족 경보警報까지 내렸다. 가정, 사무실, 사업장 모두가 냉방기 냉동기를 틀어대기 때문에 전력수요가 급증하고 있다는 것이다.

심지어는 대형 축사에까지도 냉방시설을 가동하고 있다. 더울 땐 더운 대로, 추울 땐 추운 대로 순리 따라 살다 가신 선조들의 영혼이 구천에서 내려다보고 깜짝 놀랄 일이다. 기업화 대형화된 축사에 까지 냉풍기를 틀어대고 있다니 좋은 시대 만나 가축들까지도 호강이다.

내가 어릴 때 겪었던 여름철 풍경이 스친다. 더위가 절정이던 7~8월이면 땀띠 극성, 모기떼 극성에 잠을 이루지 못했다. 긴 여름 해가 설핏해지면 무쇠화로에 쑥대나 보리꺼럭 태워 방안에 연기 가득 채우고 억새풀 휘둘러 모기를 내쫓았다. 잠을 이룰 수 없도록 더위가 온몸에 끈적대는 한밤중이면 발가벗고 뜰 안 돌샘 가로 나가 두레박으로 퍼 올린 냉수 끼얹으며 삼복더위를 넘겼다.

저녁이면 마당에 밀짚방석 펴고 식구들 모여앉아 별똥별 길게 흐르는 하늘을 올려다보며 갓 삶아낸 하지감자 한 소쿠리에, 풋강낭콩 듬성하게 버무려 쫀득하게 쪄낸 밀개떡 한 채반 나눠 먹던 여름밤의 정겹던 풍경은 지금도 잊혀지지 않는다. 퇴비장 옆 풀섶에서 반딧불 연신 날아오르고, 풀잎 끝에 이슬방울 초롱초롱 맺히도록 청아한 베짱이 울림은 여름밤의 서정이었다.

1970년대 전반기까지 시골에서 냉난방 기기는 생각지도 못했다. 산골 벽촌에 선풍기가 공급되기 시작한 게 70년대 중반부터다. 등짝에 땀띠가 쏘아대는 삼복더위가 아무리 극성이어도 여름에는 가을만을 기다렸고, 혹한 삼동에는 동상凍傷으로 손등 발등이 퉁퉁 부어올라도 아무 치료도 없이 봄철만 기다렸다.

학교에서도 겨울이면 교실마다 무쇠난로 하나씩 놓고 어린이들이 등교할 때 짊어지고 간 솔방울이나 장작개비로 잠깐씩 불을 지피고 자욱한 연기 들이마시며 추운 겨울을 넘겼다. 어린 자식들의 등굣길에 장작개비 짊어지고 가는 모습이 안쓰러운 아버지들은 10리길 학교까지 장작 한 짐씩 져다 주기도 했다.

이제는 여름에도 겨울처럼, 겨울에도 여름처럼 더위도, 추위도 모르는 문명과 풍요로, 사치와 호사가 넘쳐나는 시대가 됐다. 집집마다 곳곳마다 여름철엔 냉방시설, 겨울철엔 난방시설이 갖춰지고 있다. 여름에도 빙과氷菓류, 얼음덩어리가 지천이고 겨울에도 여름 채소 여름과일이 풍성하다.

모두가 섭리대로 살다 가신 선대들의 피눈물 밴 고통의 역사役事 덕분이지만, 당연하다는 듯이 누구 하나 고맙다는 사람도 없고, 행복을 말하는 사람도 없다. 전쟁으로 초토화된 이 땅 위에, 국력을 세계 10대 경제대국 반열에 올려 세우기까지 모두가 고픈 배 졸라매고 인고의 피땀을 쏟아낸 선대先代들의 노력의 결과다.

이젠 우리나라가 세계인들이 부러워하는 선진국이 됐다. 발전지혜를 배워가려는 외국인들이 줄을 잇는다. 신은 하나 주면 하나는 빼앗아 간다고 했던가. 국민생활이 선진국 수준으로 올라서니, 나라 살림을 맡은 정치 수준은 후진국으로 퇴보하고 있다. 배부른 정치가 이제는 오만과 배신으로 역류逆流하고 있다.

후진국가에서 선진국가로 만든 과거 주역主役의 세대들은 이제 적폐가 되어 뒷전으로 밀려나 거실 창가에 멍하니 앉아 창窓 너머 세상 풍경을 바라보는 게 이 여름, 늙은 세대들의 피서방법이다.

"위선僞善은 무너지고, 진실은 반드시 드러난다."는 옛말이 다시 떠오른다.

세태가 변했다고 진리나 섭리까지 변하지는 않는다. 진실을 배반하는 역사는 오래 가지 못한다. 영고성쇠를 거듭해온 역사가 증거한다. 무더운 여름 뒤에는 반드시 시원한 가을이 온다.

(2019. 7. 28)

타향도 정들면 고향

바람은 무심하고 세월은 냉정하다. 그러나 무정한 동물과 식물은 사람이 정情을 주면, 그 정을 깨닫고 사람 따라 온다. 세계 곳곳의 동물 농장에서 사육사와 맹수가 어울려 친구처럼, 연인처럼 서로 부둥켜안고 뒹구는 모습을 TV에서 종종 본다. 식물도 마찬가지다. 사람이 마음을 주면 반드시 사람 따라온다.

논밭에서 자라는 농작물들도 "주인의 발자국 소리 듣고 자란다."는 옛말이 있다. 오랜 세월 체험으로 터득한 선인들의 얘기다. 내가 사는 아파트 앞 화단에는 요즘 진황색 산나리꽃 한 무리가 환하게 피어나 오가는 사람들의 눈길을 붙잡는다. 7년 전 늦은 봄날 보문산 오솔길을 산책하던 중 내가 캐어다 심은 것이다.

햇볕도 외면하는 음지에서 가녀리게 피어난 외로운 꽃 한 송이가 앙증맞고 예쁘기에 캐어다 베란다 화분에 심었다. 산속에서 자라던 야생의 습성 탓인가, 낯설음인가, 수줍음인가, 아니면 본래 살던 산속 환경에 대한 그리움이었나, 4년 동안이나 심한 몸살을 앓았다.

베란다에서는 적응을 못 하기에 이듬해 봄, 뿌리를 다시 창밖 양지쪽 화단에 옮겨 심었다. 해마다 봄 되면 겨우 가녀리게 싹을 틔우긴 했지만, 화초 구실을 제대로 못했다. 보호목을 세우고, 가물 때는 물도 주면서 정성을 쏟았다. 드디어 4년째 봄부터 솟아나는 줄기세력이 조금씩 튼실해지고, 꽃송이도 하나 둘씩 늘어났다.

나는 15층 아파트 중 맨 아래 1층에 산다. 문을 열면 앞뒤 화단이 모두 내 집 정원 같다. 자고 깨면 아침마다 베란다 창문을 열어 제치고 제일 먼저 눈인사를 건네는 것들이 앞 뒤편 화단에 심어진 나무와 꽃들이다. 초봄부터 흐드러지게 피었던 봄꽃들이 지더니 4월 말경부터 산나리꽃 한 무더기가 수북이 솟아오른다.

올해로 7년차다. 이젠 튼실한 꽃대가 무리 지어 솟아오르고 진황색 꽃빛도 탐스럽게 짙어져 동네사람들의 눈길을 유혹할 만큼 당당해졌다. 마늘쪽모양의 뿌리로 번식하는 여러해살이 산나리꽃은 꽃빛도 장중한 진황색이지만 자태도 양반가의 규수처럼 다소곳해서 요염하고 화사하던 3~4월 봄꽃들과는 기품이 다르다.

백합 모양의 꽃잎과 꽃술이 난하지도 않고 요염하지도 않게 피어난 자태가 순진하다. 마치 서로가 좋아하면서도 눈길 한 번 똑바로 마주치지도 못하고, 손목 한 번 제대로 잡아보지도 못한 채 멈칫거리다가 끝나버린 산골색시 서툰 첫사랑 얘기가 들릴 것 같아 더욱 정이 간다.

공자孔子를 만난 인연 때문에 4군자四君子 반열에까지 오르게 된 난초 얘기가 언뜻 스친다. 난초에 반해 난초 속에 사는 이강천李康天

변호사의 난초 얘기다. 난초도 본래는 산속 노지 풀숲에서 자라던 이름 없는 잡초였다. 공자는 자신의 원대한 사상철학과 학문을 세상에 펼치고자 춘추전국시대 13년 동안 무려 70여 개 제후열국諸侯列國들을 순방했다.

그러나 패도覇道정치의 무력武力이 지배하던 전국戰國시대에 덕德으로 세상을 다스리자는 공자의 철학이나 학문에 공감하고 선뜻 호응해 주는 제후가 없었다. 무지몽매無知蒙昧한 세태를 탄식하며 실망한 공자孔子는 아무것도 뜻을 이루지 못한 채, 다시 고향 땅, 노魯나라로 쓸쓸하게 돌아오던 길이었다. 비감悲感하고도 허탈한 공자의 노정路程 심사를 누가 알았으랴.

우울하고 착잡한 마음으로 험한 산길 어느 협곡을 지날 무렵이다. 코끝을 스치는 독특한 향기에 공자는 일행을 멈추게 하고 잡초가 무성하게 우거진 깊은 계곡을 유심히 살폈다. 그때 바로 잡초 속에서 꽃을 피워 진하게 향기를 뿜어내는 연약한 풀 한 포기를 발견한다. 누구도 거들떠보는 이 없는 잡초 속이었지만, 그중 한 포기 풀의 청초한 자태가 예사롭지 않은 데다, 진하게 풍기는 꽃향기가 공자에게는 남다른 위안과 커다란 감명感銘이 되었다.

원대한 포부를 펼쳐보고자 제후열국을 순방했지만 모두 외면당한 채 귀향길에 오른 공자의 허탈한 심경을 협곡 잡초 속에서 자생하는 한 포기 연약한 풀꽃만이 알고 있었던 것일까. 그때 공자의 눈에 띄었던 그 풀이 바로, 오늘날 매梅화, 국菊화, 대나무竹와 함께 4군자 반열에 오른 난초蘭草가 아니던가.

공자는 즉석에서 거문고를 꺼내, 자신의 상심傷心을 비유해 난초에 어린 감흥을 한 곡조 노래로 자작自作해 읊은 것이 수천 년이 지난 지금까지도 난초를 좋아하는 동호인들 사이에서 끊임없이 이어지고 있는 〈의란조倚蘭操〉란 노래다.

사람의 관심이나 정情따라 무정無情한 동물이나 식물들도 사람을 따라오게 된다. 우리 아파트 정원에서 피어나는 산나리 꽃도 산속에서 옮겨 온 지 7년차가 됐다. 4년 동안 비실대던 수줍음을 벗어내고, 이젠 완전한 도시 꽃이 되어 도심 한복판 아파트단지에서 당당하게 무리지어 피어났다. 들고날 때마다 눈길을 주노라면 산나리 꽃도 환하게 웃으며 반갑게 소리치는 듯하다.

불현듯 내가 살아온 과거가 스친다. 본래 내가 태어난 곳은 충남 서산瑞山 오지 벽촌이었다. 6·25전란 후 청년기에 접어들면서 생애 구책을 찾아 가난한 농촌을 떠나 낯설은 객지 대전大田에 이주, 정착한 곳이 이젠 고향이 됐다. 나뿐이 아니라 대도시에서 현재 뿌리내리고 사는 대부분 사람들의 사정도 비슷하다. 지금은 대전이란 도시 복판에서 산나리꽃처럼 토박이 행세하며 살고 있다.

절망과 고독과 눈물의 세월인들 어찌 없었을까. 어딘가로 떠나가는 한밤중 열차의 기적소리만 들려와도 목울대에 치미는 고향생각으로 가슴 저미던 때가 수도 없었다. 산나리꽃을 쳐다볼 때마다 "정情들면 타향도 고향이 된다."는 옛말이 실감 난다.

(2019. 5. 23)

모르던 안면도 야사野史

안면도女眠島에는 내 동생가족들이 살고 있다. 어느 누가 안면도 얘기만 꺼내면 동생 부부와 조카 명규의 얼굴부터 떠오른다. 친족혈연血緣들이 사는 곳은 땅 이름만 들어도 살갗을 스치는 바람처럼 정감이 앞선다.

30여 년 전만 해도 안면도는 대규모 규사硅砂채취 업체가 배출하는 엄청난 퇴적물로 오염되어 해안에 서식하는 어패류가 모두 폐사된 삭막한 빈촌이었다. 내 서재에는 지금도 그 당시 안면도 어민들의 딱한 사정을 취재 보도했던 신문기사 스크랩과 어민들로부터 받은 감사패가 그때의 안면도 상황을 고스란히 증거하고 있다.

그러던 안면도가 요즘 들어 붕붕 뜨고 있다. 보령시 대천大川항~태안군 안면女眠도를 잇는 7km의 해저터널과 연육교 공사가 거의 완공돼 부분개통됐다. 머지않아 해저터널이 완전 개통되면 천수만 경관을 어우르는 안면도는 '해저터널과 연육교' 만으로도 새로운 관광명소가 된다. 또 대천까지 90분 거리가 단 10분 거리로 단축되면 안면도는 그야말로 사람 물결과 돈 물결이 춤추는 서해안 관광명승지로 거듭나게 되는 호기好機를 맞는 축복의 땅이 된다.

야사野史 대로 잠자고 있던 안면도安眠島가 깜짝 놀라 깨어나, 눈목目자를 떼어낸 안민도安民島로 변모될 날이 가깝게 다가서고 있다. 현지 주민들에겐 당장 부동산 가치가 뛰어올라 자산증식 효과가 몇 배씩 커지는 것은 물론이고, 관광객들이 늘어나면서 접객업소는 물론 농산물, 해산물 판매가 증가하는 등 직간접적 소득증대와 함께 서해안 관광산업 중심지로 발전될 기회가 활짝 열리게 된다.

안면도는 남북으로 32km나 되는 장방형의 섬이다. 섬 전체가 적송赤松 군락지로도 유명하다. 새마을운동 시대를 거치면서 연육교가 건설돼 육지로 변한 지도 이미 오래됐고, 또 서해안 고속도로가 홍성대천으로 통과하면서부터 전국에서 사계절 관광객들이 몰려드는 명승지로 각광을 받아왔다. 더욱이 2009년에는 꽃지 해수욕장을 중심으로 국제꽃박람회가 열린 이후부터는 4계절 전국 유명 관광지로 꼽혀왔다.

내가 안면도와의 인연은 70년대 중반, 동생이 안면도 처녀와 결혼하면서 시작되었다. 동생네 가족이 서산瑞山의 터전을 다른 사람에게 위탁하고 안면도로 들어간 것은, 방포항에서 수산업을 하고 있는 제수弟嫂씨 친정집 사업이 번창해지면서 조력자가 필요했던 것이다. 바다 환경오염의 주범으로 언론의 뭇매에 견디다 못해 규사채취업체가 떠난 후 안면도 해안은 청정해역으로 아름다운 생태계를 되찾았다.

이제는 안면도 사람들의 생활 수준도 옛날의 어촌漁村, 어부漁夫시대를 벗어나, 도시 사람들 부럽잖게 경제적 문화적으로 윤택해졌다. 머지않아 해저터널 완공으로 천수만을 가로지르는 교통조건까지 원활해지면, '안면安眠도'는 이제 '안민安民도'로 변신하여 재도약할 절호의 기회를 맞고 있다.

이제부터 안면도는 주민들의 사고思考나 의식관행意識慣行이 달라져야 한다. 가난했던 시기에 배어있던 이기적인 사고와 졸부적인 낡은 욕심을 버리지 못하면 절호의 발전기회를 놓칠 수도 있다. 남을 이용해먹는 거짓말 상혼商魂이나, 음흉한 이기주의를 사업수단으로 계속 고집하면 모처럼 다가오는 발전 기회를 놓치고, 관광지 이미지도 오히려 그르칠 수 있다.

얼마 전 신문에서 『安眠島는 이제 目자(눈목)를 떼어내고 安民島가 돼야 한다』는 주역周易연구가 조용헌(건국대 석좌교수)의 글을 읽었다. '안면도安眠島'는 이제 잠眠들어 있던 기존의 의식에서 깨어나, 모든 사람民들이 편안함을 느낄 수 있는 넓은 의미의 '안민도安民島'가 돼야 한다는 내용이었다.

조 교수는 이 글을 쓰면서 주역周易의 대가인 야산也山선생(본명 李達 1889~1958)의 점괘를 인용했다. "6·25전쟁이 터지기 몇 달 전인 1950년 3월에 야산 선생이 주역의 괘卦를 뽑아보니 국가적 차원의 송사가 발생하면 이기지 못하니 도망가야 한다. 도망갈 곳은 300호 이상 거주하는 섬이면 재앙을 면할 수 있다."고 했다는 것이다.

국가적 차원의 송사란 바로 6·25전쟁이었고, 거주자 300호 이상의 섬은 안면도였다. 6·25전쟁이 터지기 3개월 전 야산 선생은 그를 따르던 제자들을 급하게 소집했다. "너희들은 지금부터 가지고 있는 재산을 모두 정리해서 10만 원씩만 남겨두고 나머지는 전액 나에게 가져 오라."고 명하였다.

그 후 선생의 예언은 적중했다. 급기야 6·25남침 전쟁이 터졌다. 적군이 홍성, 서산에 진입하기 하루 전날 선생과 그 추종자들은 아산牙山포구에 집결해 배를 타고 서해안 안면도로 이동했다. 안면도에는 이미 선생이 마련해 놓은 집과 곡식도 있었다. 당시 야산 선생은 안면도로 가는 서해상 뱃길에서 "안면도安眠島는 눈목目 자를 떼어내고 안민도安民島가 돼야 앞으로 크게 발전할 수 있다."고 예언했다는 것이다.

알려지지 않았던 안면도安眠島 야사野史가 지금 다시 현실로 재조명되고 있다. 안면도가 새 시대의 해안관광지로 거듭나길 기대해본다.

(2019. 8. 3)

물의 가치는 생명

세모歲暮가 가까워지니 하늘마저 시무룩한 회색빛으로 음산하다. 커피 한 잔 들고 거실 TV 앞에 앉는다. 계속 오르는 기름값 걱정으로, 뉴스를 전하는 앵커의 침이 마른다. 전반적인 경제 불안까지 겹쳐 민생들의 시름이 무거워지고 있다는 걱정이다. 설상가상 탈원전脫原電정책 때문에 언제일지 알 수 없는 전기료 인상 불안마저 커지고 있다는 전망이다. 안정적 전력 확보와 값싼 전기를 공급했던 전前 정권의 치적治績을 지우기 위해, 새 정부에서 원자력발전소 폐지 정책을 펴고 나섰기 때문이다.

100% 수입에 의존할 수밖에 없는 우리나라 기름값은 이미 1970년대부터 예고된 문제였다. 그런데도 정치집단은 나라 살림 팽개친 채, 허구한 날 당파싸움, 계파싸움, 이념싸움, 권력싸움뿐이다. 어떻게 일궈낸 오늘의 문명과 풍요인가? 오늘의 정치나 통치가 국민들의 혈세를 독선으로 낭비하고 있으니 민생들은 부아통이 치민다. 엉뚱한 곳에 '공짜'로 혈세 퍼다 주고, 빼돌리며 죄 없는 민초들에게

세금부담만 가중시키고 있으니 말이다.

기름 한 방울도 나지 않는 나라에서 우리는 그동안 중동산中東産 기름을 수입해들여 겁 없이 쓰고 있다. 원유생산국가에서 석유재벌들이 의도적으로 수출량을 줄이며 값을 올릴 경우, 소비국들은 꼼짝없이 당할 수밖에 없다. 중동 산유국들의 상혼은 잔인하다. 기름 떨어지면 암흑세계가 될 소비국들의 급박한 사정을 최대한 악용하는 게 산유국 석유재벌들의 상술이다.

우리는 예로부터 물은 아예 가치에 의미를 두지 않았다. 통념상 아까운 존재가 아니었다. 낯선 나그네에게도 물 한 바가지씩 듬뿍듬뿍 퍼주던 게 덕목이었다. 그러나 이젠 물값이 기름값보다 더 비싸지고 있다. 이미 비싸진 물값은 동네 구멍가게에서도 확인할 수 있다. 이쯤 되면 한국의 물값이 중동 산유 국가들의 기름값 못지않은 주요자원이 될 날도 머지않았음을 충분히 예상할 수 있다.

이제 맑은 물을 충분하게 확보, 생산하기 위한 치수治水정책은 통치 차원에서 서둘러야 할 시급한 과제다. 예부터 우리는 금수강산錦繡江山을 노래했다. 금수강산은 조물주가 우리에게 준 천부적 특혜다. 풀 한 포기, 물 한 방울이 귀한 중동 산유국들에 비하면 얼마나 다행인가. 유럽이나 중동국가들을 여행하다 보면 물 한 방울 없는 황량한 모래벌 풍경에서 쉽게 깨달을 수 있는 사실이다. 유럽이나 중동에는 우리처럼 아무 곳에서나 마음 놓고 마실 물이 없다.

풍경이 메마른 중동국가들에게 유전油田자원이 있다면, 우리에겐 아름다운 금수강산이 있다. 미래를 내다보는 올바른 정치, 통치 지혜만 결집한다면 에너지자원도 물로 대체할 수도 있을 것이고, 산유국들의 기름 값 횡포도 막을 수 있을 것이다. 우리에게는 헐벗고 굶주려 온 고난 속에서도 "하면 된다."는 신념 하나로 뭉쳐 단기간 내에 세계 굴지의 문명과 풍요를 이룩해낸 무한의 저력이 있다.

산유국들의 기름 매장량은 한계가 있다. 뽑아낼수록 부존자원의 눈금이 줄어든다. 그러나 우리의 금수강산은 가꾸면 가꿀수록 더욱 풍성해지고 아름다워지는 영원의 가치이고 민족의 자산이다. 삶이 문명화될수록 물의 가치는 더욱 높아질 수밖에 없다. 이제부터라도 금수강산을 가꾸는 치산치수治山治水가 국책사업의 최우선이 돼야 한다. 물의 가치를 국가산업의 에너지자원으로 대체하는 지혜와 결단이 시급하다.

치산치수 사업은 바로 자연보호 사업이고 환경보호 사업이며, 미래의 국력부강 사업이다. 물은 기름보다도 더 소중한 자연자원이다. 극한적인 경우 기름은 잠시 떨어져도 살 수 있지만, 물 없이는 잠시도 견뎌낼 수 없는 생명과 직결된 자원이다. 우리는 금수강산의 천혜天惠적 가치를 그동안 너무 소홀히 해왔다.

선인들의 지혜는 일찍이 치산치수 사업을 국가경영의 최우선 덕목으로 꼽았다. 수백, 수천 년 전에 내렸던 빗물이 숱한 세월 깊은 땅속까지 스며들어 조상 대대의 영혼과 함께 녹아있는 물이 지하수다. 그런데 요즘에는 편리한 대로 아무 곳에서나 지하수까지 마구 뽑아 쓴다. 세계의 석학들은 우리나라도 머지않아 물 부족국가로 지목하고 있다.

　지하수인들 한량없이 솟아나겠는가. 기름 없는 나라에 물 자원까지 부족해진다면…. 생각만으로도 오싹할 얘기다. 물은 영원의 가치이고 생명산업의 제1자원이다.

(2017. 11. 4.)

정녕코 봄은 오는가

산 너머 남촌에는 누가 살길래

해마다 봄바람은 남에서 오나…

파인巴人 김동환의 시詩에 곡을 붙여 만든 대중가요 한 구절이다.
햇빛 밝은 3월이면 읍내장터 전파상電波商에서 마음 들뜨게 울려
퍼지던, 사춘기 추억의 봄노래다. 예부터 3월은 '춘래불사춘春來不似
春'의 계절이라 했다. 봄이면서도 봄 같지 않게 꽃샘추위가 심술부리
는 미몽迷夢의 계절이다. 달력은 봄이면서도 날씨는 겨울처럼 눈발
까지 뿌려대는 동장군의 심술 몽니가 옷깃을 파고든다.

그러나 우주의 섭리는 촌치도 착오가 없다. 3월만 되면 산 너머
남촌에서 어김없이 봄바람이 올라온다. 세상은 온통 새 생명의 영혼
들로 술렁이기 시작한다. 죽은 듯 시커멓게 메마른 고목나무 우듬지
까지도 연두색 고운 꿈에 부풀어 수런댄다. 남녘으로 이어진 호남선
철도변에 길게 심은 개나리가 노란 꽃망울들을 주저리주저리 매달

고, 길게 흐르는 유등천 제방에 버들강아지 토실한 회색빛 꽃망울도 한껏 부풀어 남녘에서 올라오는 봄바람을 마중한다.

햇볕 아늑한 양지편 잔디밭에는 동토凍土에서 깨어난 새 생명들의 영혼이듯 아지랑이 무리 지어 아롱대고, 혹한 삼동에도 푸르기만 하던 사철나무의 고독한 지조가 시나브로 녹아 나른해진다. 겨우내 삭풍에 울던 버드나무 가지도 약삭빠르게 연초록 잎눈 터뜨리며 남촌에서 불어오는 훈풍 따라 너울춤 흐느적대면, 어릴 때 내 고향의 봄 풍경이 아련하게 밀려든다.

동쪽에는 갓 고개, 서쪽에는 방 고개, 북쪽에는 석장골 쥐뿔 재를 넘지 않고서는 바깥세상과 왕래할 수 없던 서산瑞山의 오지奧地, 인지면 용암동 마을에서 내가 태어났다. 산세가 승천昇天하는 용龍을 닮았다는 유래로 이름 지어진 비룡산飛龍山이 내 고향 동네 용암동의 주산主山이었다. 정상엔 거대한 쉰질바위가 사시사철 수호신처럼 눌러앉아 묵언 참선으로 동네의 무고 안녕을 지켜주었다.

병풍이듯 3면은 산으로 에워싸였고, 남쪽으로 트인 '방죽골' 좁은 들판 사이로 흐르던 냇물은 풍전 저수지가 가로막아 내 고향은 육지 속의 섬마을이었다. 숙명처럼 찌든 가난을 서로 붙잡고 옹기종기 정답게 모여 살던 곳, 오지 산촌의 3월 풍경은 그래서 더욱 짙은 추억이 된다. 유령의 신음이듯 겨울밤 얼음 갈라지는 소리로 음산했던 풍전호 반에도 어느새 금빛 물결 가득히 찰랑대던 내 고향의 3월 풍경은 동요처럼 산촌의 가경佳景이었다.

집집마다 마당가에 복숭아꽃, 살구꽃이 흐드러지고, 퇴비장 옆이나 울타리 밑에는 무 종다리꽃 노랗게 피어나, 가난했지만 동네가 온통 꽃나비 춤추는 평화로운 꽃 대궐이었다. 푸석한 초가지붕 서로 맞대고 앉아 이웃들이 오순도순 정겹게 살았다. 어쩌다 밀가루 버무린 쑥개떡이라도 찌는 날이면 어머니는 이웃집 승국이 엄마랑, 등 넘어 작은어머니, 솔창 갑호네 아주머니, 대절竹寺 밑 외숙모 등 이웃들을 불러 봄빛 밝은 토방에 앉아 서로가 한 쪽씩이라도 나누어 먹으며 도란대던 인정이 꽃빛보다 더 곱고 아름다웠다.

온 동네가 쩌렁하게 울려 퍼지던 붉은 장닭의 울음소리가 점심때를 알리면 무쇠솥에 삶은 고구마 몇 뿌리에 동치미 한 양푼으로 식구들이 모여앉아 허기를 채우던 가난했던 날들…. 3월이면 동네가 모두 춘궁기春窮期로 허기졌다. 논둑 밭둑을 헤집고 다니며 이제 겨우 새싹 내미는 풀뿌리 캐어다 된장 싱겁게 버무린 햇나물 무침으로 끼니를 때우기도 예사였다.

가난했어도 3월의 남풍은 평안이었다. 오랜만에 덕석 벗고 마당으로 나온 황소는 되새김질마저도 귀찮은 듯, 왕방울 두 눈 게슴츠레 감은 채 마냥 게으름에 취해 졸고 있었다. 둥지에서 막 내린 햇병아리 새 식구들이 좁은 뜰 안에 가득하게 맴돌았고, 강남 갔던 제비들도 잊지 않고 옛집에 찾아와 빨랫줄이 늘어지도록 봄 이야기 지즐댔다.

남풍 불어 사래 긴 산골 밭보리 이랑에 푸른 빛 가득히 차오를 때면 종달새들도 신나게 창공을 누비던 3월…. 남풍이 불어오면 어머니는 유난히도 바빴다. 처마 끝 천장에 매달아 겨우내 찬바람에 띄운 메주 떼어내려 장醬 담그는 철이다. 장 담그는 날은 "우리 식구들 일 년 양식"이라면서 '좋은 맛' 내기를 기원하는 의식도 엄숙했다.

메주가 담긴 커다란 항아리가 뒤란 장독대에 좌정하면 어머니는 버선 모양의 창호지를 오려 붙이고, 청솔가지 사이에 검정 숯, 붉은 고추 끼워 만든 금줄까지 항아리에 둘러 잡신雜神 접근을 금하는 치성도 빼놓지 않았다.

올해도 어김없이 옛날처럼 생명의 영혼들을 데리고 산 너머 남촌에서 남풍 따라 봄은 또 다시 찾아왔다.

그러나 이젠 산촌 마을의 3월 풍경은 변했다. 헐벗고 배고플 때 이웃끼리 나누던 인정도 문명과 풍요가 모두 휩쓸어 갔다. 된장 간장 고추장도 공장에서 대량 생산되고, 닭도 계란도, 소 돼지 가축도 대단위로 자동화 시설 축사에서 생산된다. 의식주衣食住 모두가 남아서 넘쳐나지만, 행복하다고 말하는 사람은 별로 없다.

이 세상에 정녕코 봄은 오는가?

(2015. 3. 19)

5월에 읽는 인생

청자 빛 하늘이/ 육모정 탑 위에 그린 듯이 곱고/ 연못 창포 잎에/ 여인
네 맵시/ 감미로운 첫여름이 흐른다.
라일락 숲에/ 내 젊은 꿈이 나비처럼 앉는 정오/ 계절의 여왕 오월의
푸른 여신 앞에/ 내가 웬일로 무색하고 외롭구나.

노천명의 시 〈푸른 오월〉의 일부다.

시인은 5월을 '계절의 여왕'이라고 찬미했다. 3-4월에 그토록 흐
드러졌던 각양각색의 요염한 봄꽃들이 모두 조용히 제빛을 지우고
신록 속에 안기어 산하가 온통 연초록 통일 세상으로 우아하다. 이
게 바로 분단에 갈등하고, 이념에 분열하고, 당파 계파 분쟁으로 불
안한 우리가 깨달아야 할 세월의 순리고 자연의 섭리가 아니던가.
싱그럽고 아름다운 여왕의 덕성德性이듯 찬연한 통일. 간절한 기구祈
求, 간절한 염원念願들….

우리에게 통일은 그리움만으로 끝나는 환상뿐인가. 세상은 온통

너그러운 신록의 원색이다. 그래서 5월은 찬미의 달이고 환희의 달이며 평화의 달이고 또 축복 기원의 달이다. 삼동의 모진 설한풍에 죽음처럼 시커멓게 메말랐던 곤혹의 세월을 넘기고 고목들까지 파란 새싹들을 피워내는 경이로운 새 세상, 5월은 새 생명들이 춤추는 환희의 축제장, 통일의 세상이다.

이름 모를 잡초 씨앗 한 톨까지도 모두 싹을 틔워 하늘로 향하는 푸른 5월은 희망의 달이며, 생명의 달, 자비의 달이다. 예부터 '오월이 돼야 비로소 사람 사는 세상'이라고 했다. 5월엔 유별나게 친근한 이름으로 여는 날들이 많다. 어린이날, 어버이날, 스승의 날, 부부의 날도 5월이다. 5월은 통째로 가정의 달이고 축제의 달이다. 이름만으로도 사랑과 행복이 넘치는 달이다. 구제중생救濟衆生과 자비사상慈悲思想의 시조인 석가모니 탄신도 5월이다.

5월은 춥지도 않고 덥지도 않은 달이다. 계곡에 들어서면 흐르는 물소리 맑고, 산에 오르면 스치는 바람결이 감미롭다. 신록의 향기 넘치는 수림 사이에서 우짖는 새소리들 평화롭고, 앞산 능선 위에 떠도는 하얀 구름까지도 초원에서 노니는 양 떼처럼 여유롭다. 언제나 5월 같은 세상, 5월 같은 사랑이길 기구祈求한다.

5월은 아름다운 여왕의 계절이듯 향기로운 달이다. 오동나무꽃, 등나무꽃, 아까시꽃, 라일락꽃 등 유별나게 향기 짙은 꽃들은 모두 5월의 신록新綠 사이에서 야野하지도 않고 난亂하지도 않게 피워낸다. 뒤란 장독대 사이에서 어머니 사랑처럼 흐드러지던 모란꽃 덕성도 여왕의 계절에 피었다.

나에게도 5월은 지울 수 없는 추억들이 많다. 어린 나이 때 미개와 가난 속에서 헐벗고 배고픔을 견디던 춘궁기春窮期를 체험했다. 6·25남침 전쟁을 겪은 세대들에겐 유난히도 허기진 달이었다. 작년 가을에 거두어들인 양식은 겨울나느라 모두 떨어지고, 뙈기밭 보리 농사는 이제 겨우 봄 냄새 맡고 푸르게 자라 오르는 계절을 흔히들 '보릿고개'라고 했다. 산으로 들로 헤집고 다니며 새싹 돋아나는 풀뿌리 캐 허기진 배를 채우던 달이었다.

　5월은 또 설렘의 달이기도 했다. 마당가 오동나무 꽃향기 진하게 실어 오던 훈풍의 설렘도 5월이었고, 산골 논 다랑이마다 개구리들 울음소리 자지러지던 어슴푸레 달밤이면 앞산 뒷산에서 청승맞게 울어대던 두견새 울음소리에 잠 못 이루고 뒤척이던 소년의 설렘도 5월이었다.

　5월은 감사의 달이기도 하다. 가난하면서도 서로가 함께 살아갈 수 있도록 이끌어 주고 동행해 주는 이웃들이 있어 늘 고마운 달이었다. 못나고 속 좁은 내 허물을 다독여주며 항상 공동체 속에서 함께 살아갈 수 있도록 오늘까지 이끌어 준 주변 모든 이웃들에게 더욱 고마운 달이다.

　호의호식好衣好食은 아니지만, 이제는 계절 따라 입을 수 있는 옷이 있고, 또 배고프지 않게 먹을 수 있도록 해준 운명에게 고맙다. 화려하지는 못 하지만 비바람 피해 살 수 있는 안식처가 있음도 감사한다. 때때로 걱정을 안기고 근심을 주더라도 가정이 있다는 게 고맙고, 짜증과 역정을 반복하면서도 서로가 서로를 염려하고 의지하는 가족이 있어 고맙다. 대代를 이어갈 수 있도록 자식들이 있는 게 고맙고, 때때로 할아버지 할머니를 부르며 전화라도 해주는 손자 손녀들이 있어 고맙다.

여기까지 살면서 편견과 아집, 그리고 오만과 독선인들 어찌 없었으랴. 부지불식간에 얽매었던 욕심 때문에 이웃들에게 폐를 끼친 적은 없었는지 반성한다. 간직할 것과 버릴 것, 맺어야 할 것과 풀어야 할 것, 가야 할 길과 가지 말아야 할 길을 다시 한번 생각하고 반성해보는 5월이기를 간구懇求한다.

(2017. 5. 18.)

세상은 무대, 인생은 배우

인생길은 멀고도 가깝다. 그 길은 명현석학名賢碩學들도 모른다. 지나온 길도 모른 채 지나왔고, 가야할 길도 모른 채 가야 한다. 또 어디까지 가야 하는지 종점도 모른다. 누구에게나 인생길은 희로애락喜怒哀樂의 연속이다. 어떤 이는 울며불며 살아도 일생을 넘지 못하고, 어떤 이는 부귀영화 다 누리며 살아도 일생뿐이다. 울고 웃고 가쁘게 살아온 내 인생도 어언 산수傘壽를 넘었다. 막상 살아보니 고달픈 날은 하루가 길고, 즐거운 날은 하루가 짧았다.

영국의 문호 '셰익스피어'는 일찍이 "세상은 무대舞臺, 인생은 배우俳優"라고 우리의 삶을 비유했다. 공감이 가는 비유다. 때로는 진상과 허상으로 분장하고, 헛웃음과 헛울음도 연출해야 한다. 울음 삼키며 웃는 척해야 하고, 즐거워도 슬픈 척 가면도 써야 할 때도 있다. 내가 살아온 인생 무대를 되돌아본다. 희로애락을 모두 연기했다. 참으로 굴곡지고 험난했다. 연기력 부족으로 관객들에게 불쾌감을 주지는 않았는지, 회한도 많다.

연극무대의 성패는 배우의 연기력이 좌우한다. 더구나 대사 없는 즉흥적 연기는 오로지 배우의 몫이다. 설한풍 몰아치는 험난한 고산준령도 넘었고, 뇌성벽력에 폭풍우 몰아치는 칠흑 같은 바다도 건넜다. 시대적으로 역사적으로 굴곡屈曲과 기복起伏의 연속이었다. 미개와 가난의 숙명 속에서 전쟁으로 울부짖던 형극의 무대를 헤매며 오직 삶을 위해 헐레벌떡 맨발로 가시밭을 달려온 처절한 배역도 내 몫이었다. 왜적의 침략과 해방, 6·25남침 전쟁과 휴전, 또 초근목피로 연명하던 가난과 헐벗음, 오늘의 문명과 풍요를 이루기까지의 노역勞役은 처절했다.

어느덧 내 운명의 무대도 이젠 거의 종장終章에 닿았다. 이제 남아 있는 연기는 병약病弱한 노역老役뿐이다. 막幕을 내려야 할 시간을 알리는 신호가 육신 여기저기에서 전해 온다. 배우 생활 참 오래 했다.

이 찬란한 가을 무대에서 무슨 역을 몇 번이나 더 연기해낼 수 있을까. 공상 한 다발 짊어지고 오늘도 일과처럼 상수리 여물어 쏟아지는 공원 산길로 휘적휘적 산책을 나선다. 걷는 길이 지루할 때는 길옆 벤치에 홀로 앉아 흰 구름 흘러가는 창천을 물끄러미 올려다본다. 떠도는 구름처럼 모이고 흩어지는 상념들이 무상하다. 홀로 연기하는 대사 없는 무대 공간에는 바람소리 새소리가 효과를 내준다.

돌아보면 엉뚱한 연기도 한두 번이 아니다. 계절의 섭리를 세월의 섭리로 착각하고 분별없는 연기를 부끄럼 모르고 해냈다. 무지無知는 용감했다. 계절은 윤회하지만 세월은 직진直進뿐인 걸 몰랐다. 개념적으로 비슷하면서도 각론적으로는 서로 다른 게 세월과 계절의 무대다. 깨우쳐주는 사람도 없었다. 무대연기를 대신해 줄 사람도 없었다. 살을 섞어 산 부부도, 피를 물려준 자식들도 신神이 내려준 인생 배역은 모두 각각일 뿐이다. 아픔도 나 혼자고, 죽음도 나 혼자다.

인생길은 두 개다. 하나는 육체적 노력으로 뛰어가야 하는 형이하학적形而下學的 길이다. 서울을 가고, 부산을 가고, 산에도 가고, 바다에도 가야 하는 육체적 길이다. 주로 내가 맡은 고달픈 연기였다. 또 하나의 길은 정신적으로 정진해야 하는 형이상학적形而上學的 길이다. 양심과 정의, 사랑과 증오, 행복과 불행의 길이다. 학문을 연구하고, 신앙에 심취하고, 또 예술을 창작하는 삶, 선천적으로 아둔했기에 나한테는 배역이 주어지질 않았다.

두 개의 길 중 선택은 하나다. 흔히들 인생관人生觀이라고 말한다. 내가 선택한 인생관은 어떤 길이었나? 허덕댄 무대인생, 아득한 80여년, 감동 없는 졸부拙夫의 무대, 허덕허덕 세월만 낭비했다. 성급하게 달리다 넘어지기도 하고, 함정에 빠져 허우적대기도 했다. 남들이 달리는 길에 끼어들어 불편을 주고 폐해를 준 일인들 어찌 없었으랴. 이젠 내 삶의 무대도 마지막 장章이다. 서서히 막은 내려지고 있다.

(2018. 10. 11)

종소리의 여운

　오솔길 낙엽 위에 찬서리 하얗게 덮인 늦가을 어느 날 새벽, 아버지 따라 읍내 우시장牛市場으로 송아지를 사러가던 길이었다. 그때만 해도 읍내 우시장은 장날마다 식전 아침에 반짝 끝나기 때문에 산촌 동네 먼 길에서는 새벽부터 서둘러야 했다. 고갯길 서낭당 돌무덤 앞을 지날 무렵, 뒷산 암자에서 새벽 예불을 알리는 종소리가 유난히도 가깝게 울려왔다.

　불교신자佛教信者도 아닌 아버지가 무슨 예감이셨는지 "네 중학교 진학 밑천 될 좋은 송아지가 오늘 우리 집에 들어오려나 보다."며 좋아하시던 그때의 말씀은 지금도 지워지지 않는다. 똑같은 쇠로 만들었어도 산사山寺에서 울려오는 종소리는 그냥 쇳소리가 아니었다. 부처의 가피加被가 어우러진 법음法音이었다.

　그때만 해도 가난하던 산골 촌락에서 소를 키운다는 것은 살림밑천의 상징으로, 동네에서 몇 집 안 되는 이웃의 부러움이었다. 푼돈 모아 송아지를 사러 가는 장날, 호롱불 켜놓고 새벽밥 지어주시던 어머니부터 할머니까지 식구들 모두가 설레던 날이었다.

우리 집에도 오늘부터 방울소리 쩔렁대는 먹성 좋은 송아지가 들어올 것이라 상상한 아버지 마음에는 산사山寺에서 울려오는 새벽 종소리가 마치 부처님 가피이듯, 순박한 촌부村夫의 예감을 들뜨게 했던 것인지도 모른다. 그때부터는 나도 산사의 종소리를 그냥 쇠소리로 흘려듣지 않았다.

종소리 울림 속에는 부처님의 법력과 가피가 배어있음을 은연중에 믿어지기 시작했다. 백척간두百尺竿頭 진일보進一步를 서원하는 스님들의 처절한 고행정진이 배어있고, 빙그레한 부처님의 무량한 자비가 스며 흐른다고 느껴지기도 했다. 우리 고향동네 주산인 비룡飛龍산에는 영구암靈龜庵이라는 작은 암자가 있다.

어둠이 채 가시지 않은 새벽 4시쯤이면 예불을 알리는 영구암 종소리가 어김없이 울렸다. 시계가 귀하던 1950~60년대, 영구암 종소리는 가난한 산골마을 사람들에게는 새날을 여는 표준시간이었다. 아직도 어둠이 한참인 뜰 안에서 샘물 퍼올리는 두레박 소리에 잠을 깨보면 어머니는 벌써 정화수 떠놓고 영구암을 향해 합장기도하며 관세음보살 나무아미타불을 암송하셨다.

다가오는 것도 없었고, 멀어지는 것도 없었지만, 진실로 사는 산골동네 천심들에겐 하루를 시작하는 생활의식이었고, 가정의 평안을 기원하는 간절한 서원의 시간이기도 했다. 그때 새벽마다 내 마음속에 새겨진 영구암 종소리는 80여 성상을 넘은 지금까지도 머릿속에서 여운으로 맴돌고 있다.

산사의 종소리는 언제 어디서 들어도 장중한 계명誡命이 되어 심연까지 파고든다. 은은한 파장波長만으로도 사바중생들의 마음을 정화시키며 흐트러진 심상心想을 추슬러 가다듬게 하는 안식의 소리다. 또 모든 선악善惡과 애증愛憎을 맑고 바르게 정화시키는 희원希顯의 소리고, 희로애락을 넘나들며 삶에 지친 중생들의 영혼을 다독여 주는 간구懇求의 소리다.

과거를 되돌아보고 미래를 생각하게 하는 각성의 소리이기도 하며 풍진 세상을 살아온 가볍지 않은 죄업罪業들을 씻어내도록 권면勸勉하는 부처의 소리다. 마음 모아 귀를 기울이면 누구에게나 한 줄기 깨달음이 다가오는 법성法性의 울림이다.

정유(2017)년 10월 초순이었다. 친구들과 1박 2일 일정으로 강원도 양양襄陽 낙산사洛山寺 여행을 했다. 낙산사는 사적 제495호 고찰로, 주위에는 명승지 제27호인 의상대와 홍련암이 있다. 통일신라 때 고승 의상대사義相大師가 머물던 전설 깃든 명찰名刹이다. 점심때가 지나 경내에 들자 마침 동해안 절벽 위에 세워진 해수관음상海水觀音像 앞 발원대發願臺에서 종소리가 긴 파장되어 마음속으로 파고든다.

1300여 년 전 통일신라 때 의상대사 좌선坐禪터인 의상대義相臺를 감돌아 청솔가지 우거진 낙산사 부처님 도량을 스쳐 동해 창파 머나먼 피안彼岸으로 중생들의 염원을 싣고 퍼져나가는 발원發願의 종소리…. 굴곡진 세파에 고단한 삶을 살면서 누구인들 마음속에 맺히고 쌓인 소원이 없으랴….

　나도 발원대 종각 앞으로 발길을 재촉한다. 자비 그윽한 해수관음상의 미소가 가을빛 뽀얀 광장에 가득하다. 발원대 앞에는 타종打鐘 순서를 기다리는 발원 희망자들이 이미 길게 줄을 섰다. 한 사람이 1회에 3번씩만 치도록 허용되는 타종 순서를 기다려 헌금함에 성금을 넣고 종각에 올라선다.

　그네 타듯 매달린 당목撞木줄을 힘껏 잡아당겨 당좌撞座에 밀어 친다. 뎅~뎅~뎅~ 장엄하게 울리는 종소리가 맺힘으로 가득한 가슴속을 훑어나간다. 심연深淵 속에 쌓여있던 소원들이 종소리 울림 따라 끝없는 동해 창파滄波 저 너머 피안의 세상까지 퍼져나간다. 첫 번째는 나라의 무고안녕을 기원했고, 두 번째는 부모님 유혼의 극락왕생을 기원했으며, 세 번째는 나와 내 가족들의 행복을 기원했다.

　흔들리던 마음이 좌정하는가. 법열法悅 한 가닥이 혈관 타고 아리하게 전신으로 퍼진다. 진리의 도道가 무엇인지 미생微生이 감히 헤아리지는 못할지라도, 만경창파를 지나 저 먼 곳, 피안彼岸까지 울려나간 종소리가 마음에 위안慰安으로 자리 잡는다.

　종소리는 그냥 울림의 소리만이 아니다. 때를 알리는 수단이 되고, 집합과 해산을 알리는 신호가 됐으며, 있고 없음을 알리는 존재의 확인이기도 했다. 제례 때는 초혼招魂의 예禮이었으며, 의식儀式을 집전하는 신호이기도 했다. 또 땡땡 치는 학교 종은 문맹文盲 국가에서 문명文明 국가를 이룩했고, 새마을 운동을 시작한 새벽종은 천년의 가난을 몰아내고 이 땅에 문명과 풍요의 금자탑을 세웠다.

다급하게 울려대는 종소리는 위기의 재난 상황을 알렸고, 산사불가나 예배당 종소리는 자비와 사랑을 전하는 종교적 상징성을 갖기도 했다. 듣는 것만으로도 사랑이며 안식이던 예배당 새벽 종소리는 이제 사라졌다. 소음공해라는 시대적 누명을 뒤집어 쓴 채 성직聖職의 사명에서 밀려났다. 민초들에게 안식과 평강을 알리던 그 종소리를 다시 듣고 싶다.

(2017. 10. 19)

솔로몬의 지혜는 없었을까

자비, 사랑, 평화, 행복, 양심, 정의 등 형이상학形而上學적 논리 속에는 증오, 불화, 갈등, 부정, 불의, 불행 등의 상대적 논리도 공존한다. 우리 삶속에서 양陽과 음陰으로 맞서는 상대적 논리는 비일비재하다. 때로는 광명의 가치를 높이려면 암흑의 존재도 필요하고, 행복의 가치를 높이려면 불행의 존재도 있어야 한다.

심지어는 바람 때문에 공중에 전깃줄이 울고, 전깃줄 때문에 허공을 스치는 바람이 울 때도 있지 않던가. 우리의 삶도 다르지 않다. 삶은 기쁨과 슬픔, 행복과 불행이 연속으로 교차하는 희로애락喜怒哀樂이다. 누구에게나 삶은 기복起伏의 인과관계因果關係이다. 서로에게 원인이 되고 결과가 되는 게 삶이다.

성姓이 다르고 혈통이 다른 낯선 남녀가 서로 결혼해서 부부가 되고, 아들 딸 낳으며 의지하고 한 지붕 아래 사는 게 가정이란 인과관계다. 아내는 남편의 반半이 되고, 남편 역시도 아내의 반半이 되어 서로가 하나로 뭉쳐 사는 게 가정이다. 예부터 부부는 일심동체一心

同體라고도 했다. 부부가 하나가 돼야 가족들 마음도 하나가 되고, 행복도 이루어지게 된다.

석가釋迦도 예수도 신앙적 이념은 서로 달라도 궁극적인 서원誓願은 자비이고, 사랑이다. 자비도 사랑도 한데 모으면 곧 행복이 된다. 행복은 종파 구분 없이 모두가 똑같이 추구하는 최선의 가치다. 기쁜 일도 슬픈 일도 가족이 하나로 모여 공동운명체가 되는 게 바로 행복을 가꾸는 필연의 길이고, 또 인과관계다. 따라서 가정의 인과관계가 고장 났을 때는 가족들 모두가 불행에 빠진다.

외아들을 하느님의 사제司祭로 바친 내 지인知人 부부의 얘기다. 인과관계가 굴곡屈曲지다 못해 끝내는 가정파탄으로 이어져, 사제의 아버지가 죽음에 이르게 된다. 비록 가진 것은 없었지만 부부는 아들딸 남매를 키우며 행복하게 살아왔다. 그러던 부부가 아들의 진로進路 문제로 보이지 않게 의견이 달라지기 시작했다.

서로 다른 가치관 차이 때문이었다. 신학神學을 공부한 외아들이 가톨릭교단의 사제司祭로 서품敍品되면서 부부간의 생각 틈새는 점점 깊고 넓어졌다. 남편의 마음속에서는 가문家門의 혈통단절이 걱정이었다. 그러나 아내는 남편의 상심과 고민을 남의 일처럼 외면한 채, 성직자를 배출한 어머니로서의 긍지만 들떴다.

그렇다고 남편도 사제가 된 외아들의 진로를 막거나 반대하지는 않았다. 다만 외아들 장손으로서 가문의 혈통단절을 고민했을 뿐이다. 일심동체一心同體이어야 할 부부의 가치관이 서로 달랐다. 남편의 입장에선 남 보듯 하는 아내가 서운해지기 시작했다. 아내의 편

협한 무관심이 야속했다.

또 항상 가난이 불만이던 아내는 내심, 남편의 무능함을 탓해왔다. 소리 없는 부부간의 갈등이 속으로 커졌다. 그래도 성직자가 된 아들의 신분에 누가 될까 봐 묵묵히 참아오던 남편은 그때부터 가정이란 무엇인가? 부부란 무엇인가? 회의감懷疑感으로 떠돌기 시작했다. 남편과 아내의 인과관계는 결국 이혼이란 파국으로 끝났다.

아내는 남편을 무능력자로 몰아 어느 날 이혼 절차를 밟았다. 그래도 남편은 불미스런 소문으로 아들의 성직聖職에 누가 될까봐 아내와 아무런 다툼 없이 인과관계의 파멸책임을 혼자 짊어진 채 조용히 집을 떠나고 말았다. 집 없이 떠돌던 남편은 유랑流浪인 신세가 되어 남도南道타향 어느 곳에서 궂은일로 노년의 비통함을 소리 소문 없이 혼자 씹고 지내던 중, 2020년 추석을 며칠 앞두고 세상을 떴다. 죽음의 직접적인 원인은 아무도 모른다.

유교가정에서 외아들 종손宗孫으로 성장해온 남편의 마음속에는 가문의 혈통이 끊기는 것이 조상에 대한 죄책감으로 무거웠다. 성직자인 아들의 앞길도 지켜줘야 하고, 혈통의 대代가 끊기는 가문의 미래도 고민했던 것이다. 그러나 그 아내의 성격은 달랐다. 남편의 상심을 남의 일이듯, 무관심했다. 항상 가난만 불만이었고, 그 책임을 모두 남편의 무능으로만 떠넘겼다.

한 가정의 주부로서, 또 신부神父를 배출한 신앙인의 어머니로서, 남편도 지키고 아들의 명예도 지키는 슬기로운 지혜가 필요 했었다. 더구나 이혼을 금기禁忌시하는 신앙인 가족으로서 계율을 배반한 채, 스스로가 '이혼'을 선택한 것은, 성직자가 된 아들의 미래를 위해서도 지혜가 부족했다는 게 주변 사람들의 중론이다.

과연 그 길이 아들 딸 낳으며 몇 십 년을 함께 살아온 아내의 도리이고, 또 신부神父를 배출한 모성의 길이었을까? 아들의 성직聖職도 지켜주고, 남편과 가정의 행복도 지킬 수 있는 아내로서의 또 다른 지혜는 없었을까? 지인知人들에게 "갑자기 아버지가 선종善終했다."는 부음訃音 메시지를 보낸 사람은 과연 누구였을까.

망인亡人의 아들은 서품을 받은 후 이태리 유학까지 마치고 돌아와 모처 성당에서 근무하는 사제司祭다. 아들인 신부神父도 부모의 인과관계를 잘 알고 있었다. 이혼을 죄악시하는 신앙의 계율戒律을 강조하고, 강론講論해야 하는 것은, 사제인 신부의 사명이다. 경전經典 속에는 이혼을 금기시하는 계율까지 있다고 한다.

신부神父 스스로가 이혼한 부모의 아들이라면 무슨 언어로, 또 무슨 양심으로 하느님의 제단에 올라 많은 신도 자매들에게 신앙의 계율이나, 이혼의 죄악罪惡을 당당하게 강론할 수 있을까. 안타깝다. 하느님 제단에서 종사하는 사제의 신분도 그 실체實體는 부모의 피를 받고 태어난 인간의 자식子息이 아니던가.

인과관계가 참으로 굴곡지다. 신부神父는 이제 신앙의 계율을 어기고 이혼한 부모의 아들이다. 자기를 낳아준 부모는 이혼했고, 그 때문에 아버지는 세상을 떴다. 사제의 마음이 가볍지 않으리라. 솔로몬의 지혜는 없었을까.

(2020.9.22)

성실과 현실의 차이

　내 지인知人 중에는 '샌님'이란 별명을 가진 사람이 있다. '샌님'이란 조선시대 말단 관리의 칭호인 '생원生員님'의 준말이다. 거칠기만한 요즘의 현실세태에 잘 어울리지 않을 만큼 성품이 워낙 빈틈없이 꼼꼼하고 정직해서 붙여진 별명이다. 험한 세상에선 성실함도 흠次이 되고 죄罪가 되던가.

　심성도 조용하고, 언동도 차분하다. 실없는 우스갯소리나 허황된 너스레 한 번도 없고 옷매무시, 용모容貌 또한 언제나 단정하다. 매사가 공손하고 얌전하다. 눈 감으면 코 베어 갈 요즘 세태에 보기 드문 진실하고 선량한 사람이다. 옛말대로 법法 없이도 살아갈 올곧은 사람이다.

　언제나 언어 행동과 예의범절이 정중하고 공손하다. 자기와 직접 관계되는 일이 아니고는 어떤 일에도 간섭하지 않고 끼어들지 않는다. 이웃사람들이 본받을 바도 많지만, 때로는 그게 단점으로 작용해 따돌림 당하기도 한다. 혹자는 융통성 없어 답답하다는 사람도 있고, 현실 세태에 어울리지 않는 이기주의자라고 혹평하는 사람도 있다. 심지어 바보 취급하는 사람까지도 있다.

간편복 차림으로 집에서 쉬는 날도 문밖에 손님이 찾아오면 '샌님'은 잠깐 기다리게 한 후 어김없이 와이셔츠에 넥타이까지 정장하고 정중하게 맞이하기에, 찾아간 사람이 되레 민망할 지경이다. 유교적 전통 예절에는 철저하도록 몸에 뱄어도, 세태世態적 의식변화 감각과는 담을 쌓고 산다.

물론 술 담배도 입에 대지도 않는다. 건강백과사전을 머리맡에 놓고 오곡五穀 양식糧食의 성분에서부터 채소 과일의 성분함량까지 달달 외우며 가족들에게까지도 유익하지 않은 건 입에 대지 못하게 한다. 때문에 성격이 활달한 부인으로부터 "사내가 대범하지 못하다."고 지청구를 먹을 때도 왕왕 있다고 스스로 고백한다.

때로는 친구들끼리 어울려 흔히 할 수 있는 대포 한 잔이나 고스톱 포커 장기바둑 등 오락잡기나 유흥도 일절 가까이 하지 않는다. 가끔 등산은 다녀도 낚시나 천렵 사냥 따위 살생은 아예 생각도 않는다. 그렇다고 특정종교를 가진 수행자 신분도 아니다. 몸에 밴 성격이 그렇다.

'샌님'의 유일한 취미는 수석壽石채집이다. 가물 때 물 마른 강바닥을 헤집고 다니며 형상석이나 문양석, 괴석들을 주워 들인다. 거실 베란다 등 그 집에는 온통 괴석 귀석들이 가득하다. 개중에는 조예 깊은 전문가들도 탐내는 귀석貴石들을 보관하고 있다. 6·25전란 후 혹독하게 경험했던 가난 때문에 경제관념도 투철하고 건전하다.

특히 남에게 주지도 않고 받지도 않는 게 '샌님'의 생활신조다.

돈도 물건도 서로 거래하는 것 자체를 부정한다. 동창회 친목회 동호회 등 모임이나 회식자리에도 거의 참석을 거부한다. 보통사람들처럼 두루뭉실 어울려 살지 못한다. 30여 년 동안 오로지 가정과 직장만을 오가며 성실과 정직 하나만을 지켜 살았다. 그가 사는 생활신조信條다.

많은 저축은 없어도 생활이 윤택해지고 3남매 자식들도 모두 명문대 최고학부까지 다 가르쳤다. 그가 근무하던 곳은 대우 좋은 곳으로 알려진 정부 투자기관이었다. 상사에게 성실성을 인정받아 직위도 중간관리직까지 올라, 매월마다 수억 원씩, 혹은 수십억 원씩 거래되는 물품구매 담당부서 책임자였다.

주변에는 사시사철 거래업자들이 늘어서서 식사 자리 술자리 초대는 물론, 늘 고개 숙이는 자리였다. 그쯤 되면 때로는 아집도 교만도 또 허세도 부릴 수 있었건만 '샌님'은 오로지 곧이곧대로 외길의 정직과 성실함뿐이었다. 옛말대로 '찰찰察察이 불찰不察'이었던가. 아니면 '호사다마好事多魔'이었던가. 정년을 불과 2년 정도 남겨놓고 '샌님'의 인생에도 충격적인 마魔가 끼어들었다.

믿었던 부하직원의 실수로 퇴직금조차 변변히 받을 수 없이 불명예스럽게 직장을 그만 두게 됐다. 벌써 4년 전 일이다. 직접적으로 본인의 잘못은 아니지만, 사회적 충격 사건이었기에 감독부실 책임을 면하지 못했다. 워낙 정직하던 성격 때문에 직장 내부에서 조용히 마무리됐지만, 그는 지금도 그 후유증을 의식해 사람들 앞에 나서기를 주저하고 있다.

어느 날 오후였다. 평소답지 않게 마시지 못하던 술에 취해 '샌님'이 불쑥 우리 집엘 찾아왔다. 커피 한 잔 앞에 놓고 "세상을 너무 잘못 살았다."는 통한의 하소연을 중언부언 장황하게 털어놓았다. "인간은 사회적 동물이란 것을 까맣게 잊고 살았다."는 넋두리였다.

"가진 기술도 없고 여유 자본도 없고 친구도 없다."고 했다. 나이는 나보다 훨씬 아래지만 성실성은 까마득히 높게 우러러 보던 터라 나는 '샌님'의 넋두리에 무어라 충고와 위로의 말을 보태지 못했다. 낙담 섞인 하소연을 들으니 내 마음까지도 먹먹해질 따름이었다.

그저 얼떨결에 던진 말로 "연금은 받고 있지요?" 뿐이었다. 그의 대답도 "지금 사는 수단이 오직 연금 뿐"이라고 했다. '샌님'이 돌아간 다음 한참 생각해 보았다. 혼자서 빈틈없고 성실함만이 인생 삶의 전부이던가? 더러는 실수도 하고 반성도 하며 주변 사람들과 어울려 어우렁더우렁 사는 현실성이 필요한 세태다.

성실誠實성을 지키는 혼자만의 주관보다, 더 중요한 현실現實에 어울려 사는 가치가 사회 곳곳에 숨어있기 때문이다. 성실과 현실사이….

(2016. 11. 18.)

쓸쓸함은 노년의 숙명

어느 잡지에서 읽은 야생화 전문꽃집 주인의 글귀다. "해마다 피는 꽃은 모양도 색상도 향기도 변함없는데, 꽃을 보려고 찾아오는 사람들의 모습은 해마다 변한다."고 했다. 무심히 스쳐 지나칠 수 있는 글귀가 왠지 가슴속에 와 꽂힌다. 뒤늦게 철이 드는가. 늙어진 말년에서야 인생을 깨닫고 세월을 깨닫는가.

나이 50대까지만 해도 내가 늙어간다는 것을 생각 속에 담아 본 적이 없다. 60대를 지나면서부터 인생을 깨닫기 시작했고, 세월의 속도를 어렴풋이 느끼기 시작했다. 나이 70이 넘어서면서부터 "화무십일홍花無十日紅이요 달도 차면 기우나니…"로 시작되던 옛날 아버지의 노래가 환청幻聽되어 들려오기 시작했다. 선인先人들도 세월 따라 변화하는 삶의 심정은 절절했다.

80이 넘으니 사지육신 곳곳에서 변화의 소리가 요란스럽다. 점점 생각도 흐려지고 동작도 느려졌다. 시력도 청력도 날로 떨어진다. 요즘은 하루 지나면 하루만큼씩 삶의 눈금이 투명한 유리병 속처럼 빤히 보인다. 활동 범주도 줄어들고, 만나는 사람들도 줄어든다. 주변의 친구들도 하나 둘씩 저세상으로 떠나간다.

변화의 속도는 정지가 없다. 어느 원로 의사醫師는 "만년晩年의 쓸쓸함은 숙명"이라고 했다. 살갗에 와 닿는 얘기다. 이젠 세월의 속도에 가속도加速度까지 붙는다. 젊었을 때는 세월이 가는지 오는지 몰랐다. 꽃 피면 봄이고 단풍 들면 가을인 줄만 알았다. 세월은 직진하고 계절은 윤회하는 섭리도 몰랐다.

그러던 어느 날 생업 일선에서 밀려나 책임도 의무도 모두 내려놓은 후부터 덧없는 인생을 깨닫기 시작했다. 가을 산길을 산책하면서 색상도 향기도 모양도 예대로 변함없이 피어난 들국화, 구절초 꽃들을 유심히 살펴본다. 어릴 때 보던 꽃모양 그대로 변함이 없다. 어느 잡지에서 읽었던 야생화 꽃집 주인의 글귀가 새롭다.

내 몸과 마음만 늙어졌음을 깨닫게 된다. 이젠 내 몸의 건강마저도 아예 운명에게 내주었다. 운명은 이미 태어날 때부터 신과의 약속이었지만, 지금까지 그 약속을 망각하고 살았다. 젊은이들은 툭하면 "어르신은 신경 쓰지 말라."고 한다. 언뜻 들어 고마운 말 같지만, 다시 생각해 보면 그게 바로 "참견하지 말라."는 의미다.

곧 인생의 변화이고, 나이 든 사람의 서글픔이다. 흔히들 퇴직을 은퇴隱退라고도 말한다. 은퇴란 단순하게 퇴직만을 의미하지 않는다. 사회공동체 대열에서 영원히 제명, 탈락된다는 의미다. 은퇴란 곧 인생 변화의 핵심이고 주어主語다. 생각할수록 서글픈 단어다. 툭

하면 세월 타령 하시던 옛 어른들의 마음을 절감切感한다.

세월도 청춘도 다 내 것이고 무한한 줄만 알았다. 시간이 곧 세월인 줄 몰랐다. 순간의 세월도 모르면서 허상의 미래만 믿고 허튼 욕심으로 세월을 낭비했다. 오늘도 모르면서 희망이란 이름의 내일만 향해 철모르고 뛰어왔다. 지금껏 미래는 단 1초도 살아보지 못한 채 세월도 청춘도 모두 가버렸다.

육체적 정신적으로 이젠 변화의 속도를 따라잡을 수가 없다. 그게 바로 노년들의 쓸쓸함이다. 공동체 대열에서 탈락된 소외감만 쌓인다. 나는 이제 사회적으로 존재해야 할 가치와 이유가 없어졌다. 젊은이들의 생각엔 '골치 아픈' 존재가 됐다. 변화된 세태의 현실이다. 피를 물려준 자식들까지도 부모가 늙으면 양로원이나 요양원으로 밀어내는 세태世態가 됐다.

요즘 젊은이들은 윤리나 도덕을 미개했던 옛 시대의 낡은 관행쯤으로 무시하고 있다. 늙은이들은 이제 아랫목에 앉아 당연시하던 경로 봉양 효친 따위의 용어조차도 이미 강아지들에게 빼앗겼다. 모두가 사회활동을 해야 가정을 꾸려갈 수 있는 시대가 됐으니 젊은이들에게 효도 봉양을 요구할 수도 없는 게 현실이다.

늙은이들은 '골치 아픈 존재'일 수밖에 없고, 쓸쓸할 수밖에 없다. 요즘 노인들의 자살이 늘어나고 있다. 자식들의 눈치 보기가 민망해서 스스로가 양로원이나 요양원으로 찾아가는 노인들도 많다. "늙었으니 옛날 같을 수는 없지…." 하면서도 쓸쓸함이 몰려든다.

과거에 군림하던 빛이 밝았을수록 노년의 그림자는 더욱 어둡고 쓸쓸하기 마련이다. 아무리 문명과 풍요가 넘쳐도 세월은 가고 인생은 늙어진다. 나이 들어 쓸쓸함은 피할 수 없는 숙명이다.

(2017. 9. 10.)

5

영혼을
깨우는 소리

11월의 상념

육중하도록 무겁던 초록빛 세상도 길어야 3~4개월이다. 변함없는 억겁의 진리이건만 우리는 무관심으로 산다. 무엇이든 아무리 성盛해도 한계 세월을 넘지 못한다며 선인先人들은 화무십일홍花無十日紅을 읊었다. 어느 날 하늬바람 한줄기 서늘하게 스치면 제아무리 이글대던 염천炎天 맹위猛威도 고개 숙인다.

올해도 벌써 11월이다. 흐르는 세월 따라 내 인생도 어느덧 11월이다. 화들짝 놀래보지만, 세월은 바람처럼 그렇게 오고 간다. 들은 척, 못 들은 척, 있는 듯 없는 듯, 사유思惟 한 다발 짊어지고 오늘도 느직한 아침에 휘적휘적 공원 산 오솔길로 간다. 오라는 곳도 없고, 갈 곳도 없으니 산길 산책이 내 일과日課다. 혼자서 오솔길을 걷노라면 주변 모두가 생각이고 깨달음이다.

11월은 한 해를 보내는 계절의 변곡점變曲點이다. 금년의 세월도 1개월 남았고, 새해 시작도 1개월 남았다. 날마다 오늘이건만, 살아온 세월들이 나도 모르게 80여 성상을 과거로 보냈다. 길가 쉼터에 앉아 짊어지고 간 사념들을 풀어놓고 살아온 날과, 살아갈 날들을 헤아려본다.

공식도 없고 또 정답도 없는 게 세월의 산술이던가. 보태기를 해봐도 빼기를 해봐도 답은 똑같다. 스쳐간 희로애락들만 이놈저놈 상념되어 다가선다. 지나간 날의 회억들을 붙잡고 하늘을 물끄러미 올려다본다. 가없는 창천 구석구석을 찾아봐도 내 삶의 흔적들은 한 점도 없고, 흰 구름만 무심하게 오고 간다.

세월이듯 찬바람 한 가닥이 목덜미를 휭하니 스치면 바쁜 햇살은 벌써 중천을 지난다. 건너편 야위어진 산모랭이에 내 인생의 종착역이 환영幻影으로 뿌옇게 보인다. 여름철 뇌성벽력에 찢어지던 하늘의 소리가 세월의 소리인 줄 몰랐다. 산야를 태우던 천자만홍의 단풍 빛이 세월의 빛인 줄도 몰랐다.

땅속 미물들도 세월의 변화를 아는데…. 인생길 산수傘壽를 넘어서야 비로소 세월을 깨닫는다. 세월歲月과 계절季節은 결코 하나가 아니라는 사실도 이제야 와 닿는다. 사계四季는 내년에도 다시 돌아오지만, 한 번 스친 세월은 영원한 작별이다. 건너 산 뻐꾸기 울음소리가 메마른 산자락 타고 청승맞게 여울져 온다.

11월의 산길은 그래서 허허롭다. 내 인생이 벌써 삶의 종착점이 보이는 11월의 산길에서 서성이고 있다니…. 이제 나는 열외列外인 생이다. 책임도 없고 의무도 없다. 급하게 뛸 일도 없고 가슴 콩닥대며 쫓길 일도 없다. 이미 사회 조직의 영역 밖으로 밀려나 누구의 지시도 없고 간섭도 없다.

구성원으로서 소속을 잃고 이름마저 지워졌다. 은퇴인생, 잉여인간이다. 내 삶은 이제 허상뿐이다. 억새꽃 하얗게 흐느적대는 야윈 산길에서 어정대는 11월의 저문 인생이 됐다. 이곳저곳 돌아다니며 씻기고 단련돼 몸과 마음이 여물고, 행동 안팎이 남다르리라는 자존심도 오만이었다.

과거로 스쳐간 삶의 명세표들을 모아놓고 다시 산술해 보지만, 그 역시 남은 것은 껍데기들뿐이다. 후세에 남길 이름 하나 세워놓지 못했다. 홀로 걷는 산길마저도 허둥거려진다. 누가 말했던가. 나이 60살 때는 시속 60km이던 세월의 속도가 80살 되면 80km가 된다고…. 살아보니 옳은 말이다. 가만히 서 있기도 어지럽다.

수많은 희로애락들이 굽이쳐 지나갔어도 인생은 순간이다. 순간이라고 깨닫는 순간, 그 순간도 벌써 과거로 사라졌다. 순간마다 변하고 사라지는 인생들…. 누군가 따라오는 것 같아 뒤를 돌아다보면 환청幻聽이다. 변함없이 나를 따라오는 친구는 오로지 그림자와 상념뿐이다.

세월이 모두 내 것인 양 허세도 부리고 교만도 떨었던 과거를 돌아보니, 그게 모두 허상의 세월이고, 착각이었다. 이 세상에 햇빛이 닿지 않는 곳은 많아도, 세월이 닿지 않는 곳은 어디에도 없다. 내가 살아온 인생의 들판에는 이제 남루한 허수아비의 독백만 찬바람에 휘날린다. 내 인생이 벌써 11월…. 오늘 하루도 황혼빛에 물들어 서산에 기운다.

긴 그림자 뒤에 세우고 공원 산 비탈길을 터덜터덜 내려올 때면

구욱~ 구욱~ 산비둘기 울음소리만 야위어진 간절기間節氣의 여운이
듯, 11월의 산자락에 청승맞게 여울진다.

(2019. 11. 19)

10억짜리 향나무 분재

비릿한 갯바람에 철썩이는 파도소리까지 밀려온다. 충남 서해안 안면도 승언리 해변 꽃지花地마을, 이름만으로도 아름다운 곳에 세계꽃박람회가 열리면서 분재盆栽 잔치까지 곁들였다. 무성한 소문 따라 분재전시장부터 먼저 찾았다. 예술의 경지는 한계가 없다 했던가. 향나무 분재 앞에서 사람들이 와! 와! 북적댄다.

높직한 좌대 위에 올라앉은 향나무 분재가 언뜻 보기에도 빼어났다. 살아있는 나무의 생명을 소재로 예술의 상위上位 반열에까지 올려놓은 주인의 심미관審美觀이 예사롭지가 않다. 자유롭게 자라야 할 향나무를 분盆그릇에 담아놓고 날마다 자르고 비틀고 묶어댄 잔학성殘虐性을 생각하면 섬뜩함마저 느껴지게 한다.

나이 어린 곡예사의 아슬아슬한 묘기를 볼 때 애처로움이 앞서는 것처럼, 분재된 향나무에서도 가련함을 느끼게 한다. 작은 분盆그릇 속에서 정상頂上의 예술작품이 되기까지 허구한 세월 억제 당하고 속박束縛 당하며 처절하게 살아온 향나무의 생명력에 경이로움이 넘친다. 바라보고 서 있는 내 몸과 마음까지도 비틀리고 잘리고 묶이는 위축감에 섬뜩해진다.

날마다 톱, 가위, 칼, 철사, 집게 등 흉기에 잘리고, 비틀고, 묶어대는 공포의 형장刑場에서 만인이 감탄하는 예술작품으로 등극했다. 넓고 넓은 산하 어디를 택하지 못해 하필이면 작은 분盆그릇 속에 담겨 예사롭지 않은 인간의 심미적, 예술적 안목에 수분과 양분까지도 가혹하도록 절제 당하며 살아왔으니, 보면 볼수록 향나무 운명이 기구하고 애처롭다.

맺히고 응어리진 한恨이듯, 마디마디 줄기마다 봉통아리지도록 똬리 틀고 앉아 있는 모습이 바로 예술의 신비이기엔 가슴이 조인다. 전후 사정은 알 수 없다. 하지만 향나무 스스로가 분그릇 속에 살기를 자원하지는 않았을 것이다. 아니다! 미천微賤한 속물의 편견만 가지고 내가 향나무의 고매함을 오해했나 보다. 이 세상에 존재하는 수만 종의 나무들 중에서 향나무는 일찍이 미래 성공의 명당明堂을 선택한 혜안慧眼의 나무일지도 모른다.

어린 묘목 때부터 일찍이 분속으로 찾아든 지혜가 놀랍다. 설산고행, 천로역정을 거듭한 끝에 득도한 부처나무이고, 만백성의 죄를 대신해 십자가에 목숨 바친 사랑의 등불, 예수나무다. 인류 역사 중에서 부처나 예수의 출현이 어디 그리 쉬운 일이더냐…. 내 경우를 반성해 본다. 작가라는 이름으로 수십 년 동안 글쓰기를 해왔지만, 누구의 가슴에도 감동한 가닥 전할 만한 작품 한 편을 만들어내지 못했다. 네 앞에 서니 내 모습이 더욱 왜소하게 움츠려들고 부끄러워 초라해진다.

모진 세월을 극복하고 만인이 감동하는 분재예술의 정상에 오른

네 삶이야말로 아무나 오를 수 없는 금메달의 영광이다. 극치의 시련으로 다듬어진 예술작품이기에, 네 모습은 더욱 진귀하고 고매하다. 네 위상은 이제 만인이 우러러보는 분재예술의 정상에 섰다. 향나무 본래의 가치보다도 훨씬 더 많이, 훨씬 더 높이, 훨씬 더 멀리까지 향기가 전해지는 절정絶頂이다.

보면 볼수록 경건해지는 예향藝香의 표상이다. 네 앞에 다가서니 무량한 외경畏敬심으로 두근댄다. 네 이름은 이제 그냥 향나무가 아닌 고귀한 예술품이다. 비정하도록 가해진 시련을 극복해낸 예혼藝魂의 실체이기에 만인이 공유해야 할 고귀한 가치다. 날마다 구경꾼들이 구름처럼 몰려든다고 하니 대단하다. 비록 노천에 앉아있지만 네 몸값이 무려 10억 원을 넘게 호가한다니. 게다가 도난보험, 상해보험까지 들고 있으며, 이곳 전시장까지 이동하기 위해 거마비車馬費도 특별했다지….

돈의 가치만이 아니다. 환산할 수 없는 고매한 예술적 가치가 더 높다. 그 많은 고초와 역경을 이겨낸 향나무 분재야말로 해탈한 나무다. 200년도 넘었다는 수령樹齡 전부가 하루도 쉼 없이 비틀리고 잘리고 묶이는 고난과 억압의 세월이었으니, 어떤 필설로 분재예술 작품으로 정상에 오른 형극의 과정을 형언하랴. 얼마나 잘리고 비틀리는 세월을 겪어냈으면 회백색의 뼈대까지 드러냈다. 예혼藝魂은 역시 섬뜩한 인고忍苦의 감동이다. 구경꾼들이 몰려 장사진이다. 10억짜리 향나무 분재야….

(2009. 11. 4.)

눈 내리는 날이면

또 한해가 저물어간다. 무엇인가 빼앗기는 것처럼 세모歲暮의 심상心想이 심란해진다. 아침부터 하늘빛도 싸늘하더니 오후 되자 하얀 눈꽃을 세상에 풀어헤친다. 지워졌던 추억들이 이것저것 상념되어 창가로 몰려든다. 모른 체할 수 없는 지나온 내 인생의 희로애락들이다. 어찌 기쁘고 좋은 추억들만 있으랴.

눈 내릴 때면 더욱 또렷해지는 특별한 추억 하나가 있다. 6·25남침전쟁 때 아비규환阿鼻叫喚의 피란길에서 부모 형제 모두 잃고 어린 나이에 고아 되어 평생을 서럽게, 모질게 한恨으로 떠돌다 스러져 간 어느 실향민의 애처로운 노래가 올해도 가슴을 치며 또 찾아왔다.

한 송이 눈을 봐도 고향 눈이오
두 송이 눈을 봐도 고향 눈일세
      - 백년설 노래

복받치는 한恨을 누를 길 없어 평생을 부르다 죽은 실향민의 노래 〈고향 눈故鄕雪〉 일부다.

그는 황해도黃海道 옹진甕津이 고향이었다. 1960년대 후반쯤에 지금의 대전종합운동장 터가 된 대사동 판자촌 흙벽돌집 단칸방에 세들어 살며 대전역驛에서 손님들의 짐을 운반해 주는 지게꾼으로 일하던 분이었다. 죽는 날까지 눈이 오나 비가 오나, 시도 때도 없이 오로지 〈고향 눈〉만 부르다 갔다.

봄이든 여름이든 계절과도 상관없었다. 술기운만 얼큰해지면 그가 부르는 노래는 사시사철 언제나 〈고향 눈〉뿐이었다. 그가 아는 노래도 오로지 〈고향 눈〉뿐이었고, 그의 한恨도 오매불망寤寐不忘 '고향'뿐이었다. 평생을 타향살이에 찌들어 산 그에게 〈고향 눈〉은 서럽고 애달픈 '단골메뉴'였다.

허구한 날 술에 취해 〈고향 눈〉을 흥얼대며 길가 아무 곳에서나 지게 옆에 쓰러져 잠자던 주정뱅이였다. 속내를 모르던 동네 이웃들은 타락한 사람으로 아예 외면하고 멀리했다. 응어리진 한恨 가슴에 염장鹽藏한 채, 〈고향 눈〉만 부르며 슬프게 살던 그 실향민의 고독한 사연을 누가 알았으랴.

하루라도 술을 마시지 않고서는 견디어 낼 수 없는 망향望鄕의 쓰린 가슴을 안고 날마다, 때마다 맺히고 쌓인 한으로 자학自虐의 취기醉氣에 〈고향 눈〉만 부르다 죽어간 독신자 실향민…. 오늘도 하얗게 내리는 세모의 눈송이를 바라보노라니 한동안 뜸했던 그 실향민의 한이 세모歲暮의 상념되어 또 창窓가로 찾아왔다.

나도 그의 사정을 뒤늦게서야 알았다. 6·25전쟁 때 포탄이 비 오 듯 쏟아지는 아수라장 같은 피란길에서 부모형제 모두 잃고 11살 어 린 나이에 단신 고아되어 거의 20년을 걸인으로 떠돌다 30대 후반 에서야 겨우 대전역大田驛 지게꾼으로 일터를 잡았던 가엾은 독신자 였다.

어느 날 아침, 출근길에 마침 대전역 일터로 가던 그를 우연히 만 나 같은 방향 30여 분 길을 함께 걸으면서 술 없이는 하루도 견디어 낼 수 없는 그의 눈물겨운 전후前後사정을 대충만이라도 듣게 되었 다. 나이도 내 동갑이었다.

그가 세상을 떠나던 날도 함박눈이 펄펄 내리던 1970년대 후반기 어느 세밑이었다. 그날도 날리는 눈송이를 보는 순간, 도진 상처에 소금 뿌린 듯, 그의 가슴에는 가족생각, 고향생각이 왈칵 치밀었을 게다. 대전 역전시장, 곤달걀 삶아 파는 목로에서 그리움 반半, 서러 움 반半, 배고픔 반半으로 섞어 마신 소주에 취해, 신세한탄身世恨歎 에 목메어 허기진 가락 〈고향 눈〉을 흥얼흥얼 불렀다는 것이다.

날리는 눈송이를 쳐다보며 고독한 신세의 서러움을 억제하지 못 한 채, 자학自虐의 술을 마시고 아무도 지켜보는 이 없는 음습한 시 장 뒷골목에 지게와 함께 쓰러져 잠이 들어 혹한 추위에 취중醉中 동 사凍死했다. 사람에게 고향이란 무엇이든가.

수구초심首丘初心이란 옛말도 있다. 짐승도 죽을 때가 되면 태어난 곳을 향해 머리를 두고 죽는다는 의미다. 누구라도 고향은 어머니

같은 그리움의 대명사다. 하물며 어린 나이에 아비규환의 피란길에서 부모형제, 가족들을 모두 잃고 생사마저 모른 채 걸인으로, 또 지게꾼으로 30여년을 독신으로 떠돌던 실향민의 심정이야….

그가 세상을 떠난 지도 벌써 40여 년이 흘렀다. 그토록 부르다 간 〈고향 눈〉. 그 노래가 애절한 상념되어 올해도 세모의 창가로 나를 또 찾아왔다. 눈 내리는 날이면 내 가슴에도 울적했던 향수鄕愁의 상념들이 서려있다. 가난의 한을 안고 낯선 타향 도시로 나와 생애구책 찾아 발버둥 치던 삶은 언제나 고향 생각으로 목울대를 울컥거리게 하던 그리움이고 한이었다.

바람만 불어도, 달빛만 고와도 고향생각, 부모님 생각이 콧마루가 시큰하게 밀려왔다. 멀리서 울려오는 밤 열차 기적소리만 들려도 잠 못 이루던 향수가 눈물 되어 잠마저 설치기 예사였다. 무심한 듯 세모의 눈은 계속 내려 세상을 덮는다.

(2017. 12. 14)

구천에 떠도는 원한들

또 그 6월을 맞는다. 6·25남침전쟁이 터진 민족 비운의 달이다. 그날의 운명이듯 6월만 되면 비릿한 밤꽃냄새가 훈풍 타고 밀려와 코끝에 스친다. 보리이삭 누렇게 익어가는 건너편 뙈기밭에서부터 여름철이 본격적으로 시작된다. 벌써 한낮이면 30℃를 넘나드는 햇살이 지열을 높여대고, 곳곳에서 하얗게 풀어헤친 찔레꽃 심술이 가뭄까지 몰고 와 애꿎은 농심들에게 심통을 부리기 일쑤다.

이때쯤이면 국물 맛 시원한 열무김치 한 대접에 껍질까지 툭툭 터지도록 토실하게 삶아낸 하지감자가 제맛을 내고, 파란 완두콩 듬성하게 버무린 밀개떡 구수한 맛이 멀리 간 사람들을 더욱 그립게 하는 계절이다. 해마다 이때만 되면 어릴 때 고향 동네에서 보았던 악몽 같은 참상이 어김없이 떠오른다.

등 너머 이장네 집 마당가 늙은 호두나무에 거의 알몸으로 묶인 채, 선혈 토하며 비명悲鳴에 죽어가던 이웃집 아저씨 모습이 선하다. "애들은 가라"고 쫓아내던 어른들의 거친 호통을 피해 돼지울 간 뒤

편에서 뚫어진 구멍으로 몰래 엿본 참상이다. 왜 그랬는지? 영문은
모른다. 무심한 세월, 어언 반세기가 훌쩍 넘은 얘기다.

청람색 하늘빛은 건너 산 능선까지 내려앉고, 수관樹冠을 곧추세
운 초목들의 검푸른 초록 빛 진하게 풀어내던 달이다. 어느 날 갑자
기 포성이 진동하고, 성난 듯 굉음轟音을 토하며 하늘에 비행기들 바
쁘게 날더니 민족의 운명은 선혈로 질척대는 6·25남침전쟁 역사를
기록하고 말았다. 그때 내 나이는 11살….

좌익이 무엇이고 우익이 무엇인지도 몰랐다. 왜 전쟁이 터졌는
지? 또 비참함이 무엇인지도 모른 채 살아오던 순박한 산촌 마을에
새벽 총소리가 요란하더니 살벌한 전쟁의 공포가 현실로 덮쳤다. 서
로가 돕고 의지하며 살던 이웃들이 갑자기 좌익, 우익으로 돌변해서
죽고 죽이는 처참한 피바다가 되었다.

6·25남침전쟁 역사는 그래서 더욱 슬프다. 국립묘지 드넓은 잔디
밭에 침묵으로 도열해 있는 수천 위位 돌비석들…. 그들은 왜 비석이
되어 말없이 청산에 서 있는가. 그들은 누구의 아들이고 누구의 아
버지였으며. 누구의 형제이고 또 누구의 남편이었나. 누구 때문에,
무엇 때문에 사랑하는 가족들을 모두 버리고 왜 돌비석 되어 청산에
서있단 말인가.

생각할수록 6·25남침전쟁 역사는 원한으로 사무친다. 구천에 떠
도는 그 숱한 영혼들이 오늘 우리에게 무슨 한恨을 전하고 있을까.
우리 주변엔 아직도 찢기고 잘린 육신의 고통을 안고 병상에서 신음
하고 있는 6·25전쟁 상이용사들도 많다. 그들의 상처를 무엇으로

치유하고, 또 누가 어떻게 보상할 것인가. 6.25남침 전쟁의 주적主敵인 북한은 오늘도 핵폭탄을 만들어 전쟁도발 위협을 계속하고 있다.

아~아~ 잊으랴 어찌 우리 이 날을…. 혼자 불러보는 6·25노래다. 채 한 세기도 안 된 전상戰傷의 세대들이 아직도 살아있는데 민족상잔의 역사가 벌써 왜곡되고, 잊혀져 가고 있으니 좌우 분별 못하는 세태가 안타깝다. 두견새 잠 못 이루고 밤새워 울어예는 6월의 그날만 다가오면 전란을 경험한 세대들에겐 진정할 수 없는 전율이 흐른다.

죽은 자는 말이 없지만, 부모 잃고 자식 잃고 남편 잃고, 또 혈육 잃은 가슴에 한을 묻고 사는 숱한 전몰군경 유족들, 그리고 부모형제자매들이 뿔뿔이 흩어져 그리움으로 살아온 이산가족들에게 6월의 한은 더욱 원통하다. 좌익들에게 죄 없이 끌려가 면소재지 보안지소에서 갖은 고초 끝에 정신 잃고 실신하셨던 아버지를 들것에 떠메어 모셔오던 그날 밤의 참상도 나는 지울 수가 없다.

갓 결혼한 남편을 전장의 총알받이로 빼앗긴 채, 시신조차 마주하지 못하고 평생을 가슴속에 한으로 묻고 살다 가신 내 인척姻戚, 봉규 할머니의 애절한 사연은 또 어떻게 형언하랴. 벗고 나온 껍질들을 나뭇가지에 매어단 채, 몸통까지 들썩대며 서럽게 울어대던 매미들의 길고 긴 가락이 돌아올 수 없는 영혼의 비음悲吟처럼 들리던 날이다.

검둥개도 긴 혓바닥 빼어 물고 헐떡대며 담장 밑 그늘진 곳에 몸 져눕고, 마당가 미루나무 꼭대기를 맴돌며 꺼~억 꺼~억 짖어대던 까마귀 떼들의 울음소리조차 불길하게 들리던 바로 그날이었을 것 으로만 짐작될 뿐이다. 그의 남편은 포탄이 작렬하는 강원도 김화산 골 어느 전장戰場에서 적군의 총알받이가 되어 시신조차 거둘 수 없 는 포연 속으로 갔다.

그 미망인, 봉규 할머니는 평생을 태우고 또 태워도 응어리진 한 을 가슴속에 묻은 채, 이제 그 육신마저 하얀 재가 되어 이 세상을 떠났다. 옛날 풍습이 모두 그랬듯, 20대 초반에 결혼해 엄한 시부모 밑에서 사랑이 무엇인지조차도 깨닫기 전에 남편을 6·25전장에 빼 앗긴 채 미망인의 한을 안고 이 세상을 떠났다.

올해도 어김없이 그 6월은 다시 돌아왔다. 처참했던 전쟁역사는 채 한 세기도 안 됐건만 그날의 비분은 온데간데없다. 정치가 그렇 고, 통치가 그렇다. 주적主敵개념마저도 부정하는 집단들의 뇌리에 서 6.25남침전쟁 역사는 지워지고, 아니! 통일 전쟁으로 왜곡되고 있으니 기막힌 현실이다.

어느 공식 행사장에서는 아예 애국가愛國歌를 몰아내고 임을 위한 행진곡이 상석上席을 차지했다. 오히려 남침전쟁의 주범인, 북한 세 습독재 공산주의 이념을 추종하는 세력들이 태극기를 짓밟고 더 크 게 소리치며 당당해졌다. 구천에 떠도는 원한들…, 바람도 그 바람, 하늘도 그 하늘이기에 6월의 역사는 더욱 슬프다.

(2018. 6. 27.)

단풍빛으로 물든 세월

꿈이로다 꿈이로다./ 모두가 꿈이로다./ 꿈 깨니 또 꿈이오 / 깨인 꿈도 꿈이로다./ 부질없다, 부질없다./ 꿈을 꾸어 무엇하랴….

정미송의 가사집歌詞集에서 읽은 글이 화살처럼 마음에 꽂힌다. 그림자조차 소멸하는 어둠 속에서도 세월은 쉬지 않고 간다. 쉬엄 쉬엄 가도 되련만. 무엇이 급하고, 무엇에 쫓기길래…. 어느 누가 세월을 유수流水와 같다고 했던가. 물은 막으면 잠시 멈추기도 하지만, 세월은 순간도 멈추지 않고 막을 수도 없다. 우주 만물의 생성도 소멸도 모두 다 세월이다. 생生과 사死를 윤회시키고, 시작과 끝을 반복하는 우주의 질서가 세월이다. 하물며 인생이야….

오늘의 늙은이들도 옛날엔 피 끓는 청춘이었고, 이 가을에 붉게 물들어 떨어지는 단풍잎도 지난여름엔 윤기 번들대며 염천 태양에 맞서던 울창한 초록이었다. 삶의 희로애락喜怒哀樂도 모두 세월 속에 들어있다. 세월은 순간도 빈틈이 없이 흐른다. 때와 장소를 가리지 않고 쉼 없이 오고가는 게 세월이다. 세상 만물의 모든 존재가 노래 가사처럼 잠시 거쳐 가는 꿈일 뿐이다. 꿈이로다. 꿈이로다. 모두가 꿈이로다. 정미송의 가사를 흥얼거린다.

군림하고 추종하고 모함하고 배신하고 다툼하는 인간들의 생태가 가소롭다. 산천초목을 흔드는 권력이나, 부러울 것 없는 억만금의 재산 가치도 산술해 보면 재깍대는 시계의 초침 소리만도 못한 가치다. 세상에 어느 존재의 가치도 세월 속에서는 무상無常일 뿐이다. 석가도, 예수도 세월 속에 낳고 세월 속에 죽었다.

"화무십일홍花無十日紅이오, 달도 차면은 기우나니月滿則虧…".

세월은 올해도 벌써 가을의 끝자락이다. 며칠 후면 겨울이 들어앉는다. 그러나 사람들은 세월을 잊고 산다. 자신 앞에 다가서는 '소멸'마저 망각하고 산다. 밝음이 다시 어둠이 되는 하루의 질서조차 생각지 않고…. 어느 날 화들짝 놀라 돌아보면 초록의 산하山河가 온통 단풍 빛이다.

인생도 그렇게 변한다. 좋다고 해서 가을만 계속 가질 수도 없고, 또 싫다고 해서 겨울이 오지 못하도록 막을 수도 없다. 세상 만물도 그렇게 변한다. 곱고 아름다운 단풍 빛도 하늬바람 한 줄기에 덧없이 떨어져 내린다. 단풍잎 속에는 인생의 회한悔恨과 우수憂愁도 배었다. 또 인생이 저물어가는 이별도 배어있다.

그래서인가. 천자만홍 단풍빛이 무르익어갈 때쯤이면 황혼 인생들은 영락없이 마음이 들뜬다. 불현듯 깨닫는 허무가 늙은이들의 마음을 공중으로 띄운다. 나도 오늘 단풍 빛 소문에 들떠 친구들 따라 계룡산으로 소풍을 갔다. 늙은이들이 떼지어 단풍구경에 나섰다. 소문대로 계룡산은 초입부터 활활 타고 있다.

너나없이 황홀경에 들떠 왁자지껄이다. 바람 한 줄기 스쳐 지날 때마다 우수수 휘날리는 단풍잎 낙엽풍경은 장관이다. 계곡마다 사람들의 함성이 자지러진다. 길가에서 호객하는 막걸리 행상들의 유혹을 거절할 수가 없다. 늙은이들의 공허空虛가 취흥으로 울컥해지는 이유다.

오후가 되니 단풍 빛 어우러진 계곡마다 취흥으로 부산하다. "청춘을 돌려다오/ 인생을 돌려다오…" 곳곳에서 세월에 대한 절규가 높아진다. 살아온 인생의 미련이 허무가 되어 마음까지 울컥해지는 외침들이다. 단풍 빛은 그래서 사람마다 우수憂愁고 회한悔恨이다.

쏟아진 단풍잎을 주워 모자에도 꽂아보고, 옷깃에도 꽂아보는 동병상련同病相憐의 허무들….

꿈이로다. 꿈이로다./ 모두가 꿈이로다./ 꿈 깨니 또 꿈이오/ 깨인 꿈도 꿈이로다./ 부질없다, 부질없다/ 꿈을 꾸어 무엇하랴.

막걸리 취기醉氣에 연신 허무를 읊어댄다.

늦가을의 하루해는 짧다. 천황봉天皇峰 너머로 햇살이 설핏해지니 동학사東鶴寺 비구니比丘尼 승가대학 앞뜰에서 노스님 한 분이 비질을 한다. 마사토磨砂土 뿌얀 마당에 울긋불긋 단풍잎 사념이 어지럽게 내려앉은 세월의 흔적들을 사락사락 쓸어낸다. 수도 정진으로 세워놓은 젊은 학승學僧들의 정념正念 한 가닥이라도 단풍빛 사념邪念에 흩어질세라, 비질하는 노스님의 뒷모습은 차라리 숙연한 경전經典이다.

(2018. 11. 12.)

불청객不請客들

'한때 번개 천둥을 동반한 국지성 소낙비가 지날 것'이라던 기상청 일기예보는 오늘도 거짓말이었다. 2개월 이상 계속되는 가뭄과 불볕더위에 대지가 타고 농심들이 탄다. 첨단장비로 정확한 예보를 장담하던 기상청마저도 올 가뭄엔 허구한 날 '거짓말 일기예보'만 쏟아내고 있다. 이래 속고 저래 속고, 애타는 건 들판에서 말라 죽는 농작물을 바라보고만 있어야 하는 농심農心들 뿐이다.

해마다 모심기철 전후해서 반복되는 가뭄재해지만 올해는 그 정도가 유난히도 심하다. 소하천은 물론, 강이나 저수지까지 모두 바닥을 드러냈다. 지난 5월부터 7월 상순까지 무려 두 달 넘게 비 한 방울이 없다. 국무총리나 장, 차관들이 가뭄피해 현장을 오가지만, 막상 농심들이 기다리는 해갈解渴 대책은 아무것도 없이, 모두가 거드름만 떨어대는 불청객의 너스레들만 쏟아놓고 간다.

충청 서부지역 농촌의 가뭄피해는 유난히도 심각하다. 모내기 끝낸 논에 어린 묘가 모두 말라죽었다. 천수만 간척지 논바닥엔 땅속에 가라앉았던 염기鹽氣까지 배어 올라 들판 전체의 벼가 빨갛게 말라죽은 사진이 TV화면을 덮는다. 허구한 날 싸움질하느라 정치통치가 치산치수 대책을 외면해 왔기 때문이다.

5·6월 가뭄피해나 7·8월 홍수피해, 8·9월 태풍피해는 해마다 반복되는, 예고된 재해다. 정치통치가 관심만 가지고 서둘러 대비만 하면 충분히 예방이 가능한 재난이다. 물 한 방울이 곧 피 한 방울이듯, 절박한 농심들은 날마다 마른하늘을 올려다보며 애타는 마음은 탄식만 토해내고 있다.

새로 출범한 정부는 4대강 보洑를 열어 저수돼 있던 강물마저도 모두 바다로 흘려보내라고 지시했다. 이유는 일부 환경단체가 공해라고 주장하는 녹조綠藻현상 때문이다. 여름철이면 웅덩이나 저수지에 이끼류가 발생하는 것은 공해 현상이 아니고 자연현상이다.

설혹 웅덩이 물에 이끼류가 발생했어도 농업용수로 사용하는 데는 아무 문제가 없다. 보洑에 저수된 물을 최대한 활용해서 가뭄피해를 줄이도록 지시하는 게 당연한 민생 통치의 사명이다. 4대강 보를 개방해 저수된 물을 모두 흘려보내라는 지시는 환경단체를 앞세워 전前정권의 치적治積을 지우기 위한 정치 보복이라는 사실을 모르는 사람은 없다. 농심들의 거센 반발은 뻔하고 당연하다.

치산치수治山治水는 정쟁政爭대상이 돼서도 안 되고, 또 정치적 보복대상이 돼서도 더욱 안 된다. 치산치수 정책은 국가재산과 국민생명보호를 위해서도 통치자의 필수 덕목이다. 예부터 가뭄이 길어지면 백성들의 시름을 염려하는 군왕 스스로가 제단에 올라 극진히 기우제祈雨祭를 지내며 '짐朕의 부덕한 소치'를 고백하고 천신天神께 비를 내려주실 것을 빌었다.

우리는 예부터 금수강산錦繡江山을 자랑했다. 금수강산을 가꾸는 사업이 바로 치산치수 사업이고, 환경보호 사업이며, 자연보호 사업이다. 더구나 물은 모든 생명산업과 직결되는 국가의 기본자산이다. 현명한 통치자는 가뭄 피해가 계속될 때 홍수 피해를 염려하고, 또 홍수가 범람할 때는 가뭄 피해를 염려했다는 말도 있다.

하물며 문명시대를 이끄는 새 정권이 전 정권의 치적을 지우기 위해, 이끼류 발생을 이유로, 4대강 보에 가득 채워진 농업용수를 바다로 흘려보내도록 지시한 것은, 극심한 가뭄피해에 애타는 농심들을 무시, 외면한 치졸한 실책이다.

서산 부석사浮石寺 원우스님은 어느 잡지에 〈불청객不請客〉이라는 글을 썼다. "극심한 가뭄이 농작물을 고사시키고, 천심들을 태우는 비상시기에 초대하지 않은 정치인들이 절寺마당까지 찾아와서 한바탕 소란 떨고 간다."고 꼬집었다. '불청객'이라는 단어 뒤에는 더 큰 부정적否定的 의미가 도사리고 있다. 반갑지 않은 사람, 또는 불쾌한 사람, 초대하지 않은 사람을 포괄적으로 의미한다.

올 여름에는 유난히도 불청객들이 많다. 계속되는 가뭄피해부터 각종 질병, 해충들까지 모두가 초대하지 않은 불청객들이다. 적국敵國의 핵폭탄 도발위협이 턱밑을 치받고 있는데도, 오로지 집권욕심 정쟁政爭에만 목매달고 있는 정치인들의 음흉한 탐욕들까지…. 세상은 온통 불청객들 세상이 되고 있다.

(2017. 7. 10)

영혼을 깨우는 소리

　소문 따라 충북 음성 조각공원을 구경 가던 날이다. 진천읍 외곽 길을 달리던 중 한적한 마을에 예사롭지 않게 세워진 커다란 유리빌딩이 번쩍번쩍 호기심을 유혹한다. 누군가가 놓쳐버린 생각 하나라도 줍고 싶은 욕심으로 차를 돌려 빌딩 경내로 불쑥 들어간다. 진천 종박물관鐘博物館이다.

　한국 종鐘의 예술적 가치를 연구하고, 그 역사를 계발, 전승코자 2005년 9월에 진천군에서 세웠다. 4세기쯤으로 추정되는 시기에 우리나라 최초, 최대의 고대 제철로製鐵爐 유적지가 진천군에서 발굴된 것을 계기로 종 박물관을 건립했다는 것이다. 우연히 들른 곳치곤 무언가 소득이 있을 것 같은 예감이 든다.

　이미 관람객들로 북적댄다. 1층 기획전시실을 둘러본 후 2층 상설전시장으로 든다. 국내외에서 수집된 수백 종種의 종鐘들이 전시돼 있고, 중앙부에는 실물과 똑같은 복제품, '에밀레종'이 자리하고 있다. 에밀레종…, 이름만으로도 한국의 대표 종이다. 나는 아직 '에밀레종' 진품을 직접 보지는 못했다. 해설사의 유창한 설명에 호기심이 발동한다.

크기와 모양, 종벽에 그려진 문양까지도 진품 '에밀레종'과 똑같이 복제됐다는 것이다. 비록 모조품이지만 진품과 다를 바 없기에, 그 명성만으로도 박물관을 상징하는 대표 종이다. 국보 제29호인 진품 '에밀레종'은 우리나라 종鐘을 대표하는 최고의 문화재로 국립경주國立慶州박물관에 보존돼 있다고 한다.

진품 '에밀레종'은 1천3백여 년 전 통일신라 때 성덕왕의 공덕을 기리기 위해 그 아들인 경덕왕이 만들기 시작했으나 완성하지 못하고 죽자, 다시 경덕왕의 아들인 혜공왕이 아버지의 유업을 이어받아 서기 771년에 완성했다는, 일명 신종神鐘이다. 2대代의 왕조가 '에밀레종' 하나를 만들기 위해 무려 34년간이나 국력을 쏟았다.

백성들의 추렴으로 녹여낸 구리銅만도 무려 12만근斤이란다. 결코 만만치 않은 공정工程이었다. '에밀레종'이 완성되기까지 전해지는 절절한 전설, 야화도 또한 많다. 종을 만드는 과정에서 '좋은 소리'를 내기 위해 이글이글 쇳물이 끓는 용광로 속에 어린 아기를 제물祭物로 넣었다는 섬뜩한 전설이 대표적이다.

지금도 그 종을 칠 때면 엄마 찾는 아기의 염원이듯, 울림소리가 '에 밀레―, 에 밀레―'를 반복하고 있어 듣는 사람의 마음이 애절해진다는 것이다. 해설을 듣고 나니, 멀리 경주에서 진품 신종神鐘의 '에밀 레…' 소리가 환청幻聽되어 들려온다. 범부중생의 사고영역으로는 이해되지 않는 전설이다.

비록 복제품이지만 슬그머니 손을 내밀어 전시된 '에밀레종'의 종신鐘身을 어루만져 본다. 엄마 품에 안겨 생긋생긋 재롱을 떨어댈 아기의 영혼이 종벽을 타고 환영幻影되어 떠오른다. 비록 진품은 아니더라도 애절하게 울어예는 어렴풋한 신라의 종소리 한 가닥 여울만이라도 마음속에 담아오고 싶은 충동이 솟구친다.

무심한 쇠붙이도 제련하고 두들기면 천년 후대까지도 울림의 법력으로 감동을 전하고 있지 않은가? 하물며 오욕칠정의 감성을 소유하고 있는 인간으로서, 내 몸 속에 들어있는 내 생각조차 내 맘대로 다듬어 감동을 만들어내지 못하고 있으니, 글쟁이를 자처하는 내 주제가 더욱 부끄럽고 안타깝다.

모조품 '에밀레종' 앞에서 독백 한 다발을 쏟아낸 후, 슬그머니 전시관을 빠져나와 박물관 광장에 세워진 대형 종각鐘閣 앞으로 다가선다. "누구나 쳐도 괜찮다"는 안내판 유혹에 호기심이 발동되어 종각에 올라가 매달린 범종 앞에 선다. "나도 너처럼 울림의 소리 한 번 내보고 싶다."고 넌지시 내 속마음을 보여줬다.

"맺힌 심정心情, 쌓인 한恨이 풀릴 수만 있다면 네 마음대로 실컷 쳐보라."라는 범종의 대답이 환청되어 들린다. 선뜻 달려들어 미운 놈의 멱살을 움켜잡듯, 그네처럼 매달린 무거운 당목撞木줄을 힘껏 잡아당겨 분풀이하듯 종신鐘身당좌撞座에 당목을 밀어 친다. 우람하고 장중한 쇠 소리 울림이 넓은 세상, 가없는 가을빛 창공으로 퍼져나간다. 내리 19번을 치고 나니 등에선 땀이 흐르고 마음은 후련해진다.

심사가 비로소 좌정坐定하는가. 바로 이 현상을 가리켜 울림의 법력이라고 했던가? 무능해서 못 쓰는 글, 종을 때려 한풀이 하다니…. 못난 놈…, 멍청한 놈…. 오후로 빗겨선 햇살이 날보고 빙그레 웃는다. 멋쩍은 자책으로 나도 혼자서 히죽이 웃어본다.

"우주는 바로 나 자체요, 나의 도道는 바로 내 속에 있다."는 선각자들의 말이 떠오른다. 도가 무엇인지는 무지한 속인俗人이 헤아려 알지 못할 바다. 허지만 어렴풋이 느낌으로 와 닿는 종소리의 울림을 가슴에 담는다. 누가 종소리를 일러 "영혼을 깨우는 소리, 세상을 밝히는 울림"이라고 했던가. 풀리지 않는 화두 지그시 추슬러 다시 차에 싣는다. 차창에 스치는 황금 들녘 가을풍경도 바쁘다. '에밀레종'의 염원…. 영혼을 깨우는 여운만 머릿속에 감돈다.

(2010. 9. 30)

동자승童子僧 사진을 보면서

"사람은 누구나 다 부처가 될 수 있다."라고 했다. 석가釋迦의 말이다. 자신을 등불 삼고, 진리를 등불 삼아 열심히 수도정진하면 누구나 도道를 깨우쳐 자기 구원을 이룰 수 있다는 것이다. 자등명自燈明, 법등명法燈明의 진리다. 석가도 자신의 마음을 등불 삼고, 진리를 등불삼아 열심히 구도정진求道精進한 후 성불成佛했다고 한다.

자기 노력으로 열심히 구도정진해서 자기를 구제하는 신앙을 자력신앙自力信仰이라고 한다. 곧 불교의 교리를 의미한다. 불교는, 신에게 기도하고 하나님에게 기도해서 대리구원을 받으려는 타력신앙他力信仰과 다르다. 사람은 태초부터 아담과 이브가 하느님의 뜻을 어긴 원죄原罪를 짊어지고 태어났기 때문에 내가 나를 구원할 수 없다는 게 예수 신앙의 이념이다. 석가와 예수의 신앙적 이념 차이다.

법향法香을 맡아 보았는가. 법음法音을 들어 보았는가. 내 서재에는 오래 전(2007년)에 어느 불가佛家에서 이미지(image) 홍보용으로 제작 배포한 동자승 사진 달력 하나가 지금까지 걸려있다. 달력으로서의 용도 가치는 이미 지난 지 오래 됐어도, 천진난만한 동자승 사진은 볼수록 졸부拙夫 미생微生에겐 깨닫기 어려운 경전經典보다도 쉽게 심상心想을 다스릴 수 있고, 법향과 법음을 깨닫게 한다.

하얗게 눈 덮인 산사山寺 앞마당에서 4명의 동자승들이 썰매를 끌고, 타며 노니는 천진한 모습은 수억만 리로 추상되는 불국정토, 극락세상의 풍경이다. 불경佛經 한 줄도 모르면서 나는 무료할 때마다 동자승 사진을 바라본다. 까르르, 까르르…. 희열喜悅이 넘쳐나는 동자승들의 해맑은 웃음소리가 환청幻聽되어 내 서재에 가득 찬다. 그럴 때마다 상하고 찌들었던 마음이 조금씩이라도 정화되는 것 같다.

또 동자승 사진을 볼 때마다 멀리 간 내 유년의 시절도 다시 볼 수 있다. 미개와 가난으로 곤궁하게 살았지만, 가난이 가난인 줄도 몰랐고, 미개가 미개인 줄도 몰랐으며, 슬픔이 슬픔인 줄도 몰랐다. 그때는 나도 동자승들처럼 천진난만天眞爛漫했었다. 배고픈 것 빼고는 아무것도 모르는 순진뿐이었다. 악행惡行도 선행善行도 모르고, 죄업罪業과 선업善業도 몰랐었다. 아무 근심걱정이 없었다.

동자승 사진을 다시 올려다본다. 파르라니 깎은 머리와 잿빛 승복에 황갈색 염주를 목에 걸치고 한 손에는 커다란 목탁까지 들었으니, 도道를 깨우친 율사律師, 대사大師, 도사道師인들, 어찌 동자승들의 티 없는 마음보다 더 깨끗할 손가…. 동자승들이 바로 만고진리의 표상인 부처가 아니던가. 순진무구純眞無垢한 티 없는 그 표정만으로도, 바로 그 모습이 진리이고 부처님이다.

법향이 온 세상에 풍기고 법음이 우주공간에 가득 찬다. 긴 법구경法句經이나 어려운 불공佛供 수사修辭가 굳이 필요 없다. 바라보는 것만으로도 자글대는 세상, 온갖 번뇌 갈등, 근심 걱정이 사라지는 것 같고 믿음과 자비가 살아나는 것 같다. 진리는 스스로가 진리라고 말하지 않는다. 깨닫는 사람에게 직관의 느낌일 뿐이다. 동자승들의 사진을 보고 있으면 풍진風塵세사世事에 혼탁하고 찌들게 살아온 심사가 맑아지는 느낌이다.

때 지난 달력이라고 선뜻 떼어내 버리지 못하는 이유다. 요즘엔 산사도 많고, 중僧들도 많고, 신도들도 많지만, 부처의 법맥을 지키는 스님이나 신도들은 점차 줄어들고 있다. 사명을 넘어 이권과 이념에 편승한 정치권력들의 편싸움에까지 끼어드는 중들도 일부 있다. 차라리 동자승들이 노니는 티 없이 맑은 사진을 보고 있노라면, 잠시라도 부처님의 화양연화花樣年華를 느끼게 한다.

오욕칠정에 오염되지 않은 천진한 동자승들의 사진은 차라리 경전經典이다. 먹고 싶으면 먹고 자고 싶으면 자고 놀고 싶으면 놀고…. 누구나 태어날 때는 티 없이 맑고 선善했다. 욕심도, 거짓도, 위선도, 근심과 걱정도 몰랐다. 또 시기 질투나 음흉한 모략, 계략도 몰랐다. 나도 어릴 때는 무장무애無障無礙한 부처님 세계를 살았다.

어찌 나뿐일까. 그러나 조금씩 성장하고, 철이 들어가면서부터 내가 나를 욕심과 죄업, 악행으로 묶어 오욕과 칠정 속으로 빠져들게 했다. 오늘의 내 자화상을 스스로 그려본다. 온갖 탐욕들을 가득하게 끌어안고 음흉하게 일그러진 모습이다. 자책의 눈물을 흘리다가도 자신이 무너질까 봐, 또 남들이 쳐다보고 희죽댈까 봐 안에서는 누르고 밖에서는 가면 쓰기에 익숙해진 위선의 삶이 얼마이던가.

슬퍼도 기쁜 듯, 기뻐도 슬픈 듯, 무명無明으로 살아온 세월은 또 얼마이던가. 보낸 적 없는데 가버린 세월은 석양빛에 흔들리는 하얀 억새꽃이 됐다. 나찰羅刹에게 생명을 던진, 설산雪山 동자승의 지극한 서원誓願은 무엇이었을까? 위선이 진실을 밀어내는 오늘의 험악한 세태 속에서 아기스님들의 모습은 진리를 가르친 부처의 마지막 경전이다.

세상에는 부처님 진실이 메마르고 있다. 또 자비도 사랑도 식어지고 있다. 세월의 무게만큼 죄업이 다시 죄업으로 포개져 세상이 무거워지고, 거칠어지고 있다. 무명無明이 무명을 몰아내자며 소리치고, 적폐積弊가 적폐를 몰아내자고 소리친다. 미워하고 아파하다가도 동자승 사진을 바라보며 서로가 용서하고 끌어안는 관용의 세상을 동경해 본다.

(2014. 2. 14)

산은 산이로다

거듭된 고난에 봉착했을 때를 비유적으로 표현하기도 하고, 또 어떤 말로도 깨닫지 못하고 자기고집에만 함몰돼 있는 답답한 사람을 비유할 때도 사용되는 말이 첩첩산중疊疊山中이다. 혼탁하고 추악한 세속과 단절된 청렴하고 순수한 영혼의 세계가 첩첩산중이다. 진리 탐구, 구도정진에 몰두하는 사람들이나 도인道人, 기인奇人, 또는 흉악한 죄인罪人들까지도 은거隱居하는 곳이 첩첩산중이다. 나뭇잎 스치는 바람소리 소슬한 밤 고요가 무거운 첩첩산중은 세상의 선善과 악惡이 모두 잠들고 있는 곳이다.

첩첩산중, 생각만으로도 궁벽窮僻진 태초의 산속이다. 문명의 세상과는 아예 등진 답답한 곳이다. 새소리 바람소리 영혼의 밀어密語들만 숨어있는 곳이다. 고독감 공포감 속에 영감靈感만 흐르는 곳, 해와 달 별빛만 쳐다보며 명상冥想으로 사는 곳이다. 특별한 사정이나 목적 없는 보통 사람들에겐 별천지다. 특히 문명에 익숙하고 풍요가 몸에 밴 요즘 세대들에게는 적응하기 힘든 곳이다.

얼마 전 친구 따라 무주구천동 덕유산德裕山 향적봉에 올랐다. 사방으로 첩첩의 산맥을 거느린 거대한 명산의 주봉主峰을 밟아보았다. 발아래 무한으로 펼쳐진 첩첩산맥의 실상實狀을 눈으로 보고, 내가 살고 있는 세상을 깨달았다. 무주리조트에서 곤돌라를 이용했지만, 명산 최고봉까지 올라 무한대 첩첩산중의 장관을 조망하기는 생애 처음이자 마지막인 듯싶다. '야호~' 소리가 절로 터져 나오는 감동의 체험이었다. 자연은 위대하고 인간은 왜소하다.

펼쳐지는 시야가 온통 첩첩산맥 뿐인 넓고 넓은 세상…. 향적봉은 소백산맥 중간부에 솟아있는 덕유산의 주봉으로 해발 1,600여 미터나 된다. 기껏해야 동네 진산鎭山, 안산案山이 고작이던 유치한 내 등산 수준의 안목에는 벅찬 체험이었다. 삶과 죽음의 영혼들이 쭈뼛쭈뼛하게 늘어선 낯선 생태계生態系…. 살아서도 천년, 죽어서도 천년이라는 주목朱木들의 앙상한 뼈대가 험상스럽게 도열한 고산준봉에 오르는 순간, 온몸에 호연지기浩然之氣가 솟구친다.

명산의 영험한 정기精氣인가, 내가 살아있음의 생기生氣인가. 가슴과 머릿속에서 자글대던 온갖 갈등 번뇌가 모두 사라진다. 등산을 즐기는 사람들의 고상한 취미를 비로소 깨닫는다. 발아래 보이는 검푸른 산맥들은 마치 바다에서 금방 따 올린 미역줄기를 마당에 쏟아놓은 듯 끝없이 풀어헤친 무질서無秩序다. 그러나 첩첩산맥들의 무질서는 결코 무질서가 아니다. 조물주의 엄격한 질서秩序와 기강紀綱의 또 다른 이름이 바로 첩첩산맥의 무질서 속에 존재하고 있음을 깨닫는다.

제멋대로 헝클어진 것 같지만 산맥 한줄기도 이탈, 충돌 없는 천년부동千年不動의 엄격한 질서다. 서로가 서로를 잇는 공존의 질서가 완벽하고 섬세하다. 향적봉을 주봉主峰으로 높고 낮은 봉우리들이 끼리끼리 서로가 올망졸망 허리띠 붙잡고 이어진 첩첩산맥들의 빈틈없는 질서는 바라볼수록 조물주의 신비다. 어둠이 내리면 조용히 물러섰다가, 여명이 밝아오면 다시 모두가 한 치도 어김없이 제자리 찾아 앉는 수많은 봉우리들의 정연한 질서….

어김없는 순리와 섭리로 지켜온 억겁의 세월이 첩첩산중에 고스란히 스며있다. 뇌성벽력이 내리치고, 북풍한설이 몰아쳐도 첩첩산중에는 요지부동搖之不動의 진실뿐이다. 문명이 어둡고 궁벽 져도 첩첩산중에 은거하는 도인의 혜안은 천리千里도 보고 만리萬里도 본다. 첩첩산중에는 영혼의 지혜가 무한으로 서려있다. 깨달음이 많을수록 식견은 넓어지고, 생각이 깊어질수록 안목은 높아진다고 했든가….

높은 산에 오를수록 시야는 광활해지고 깨달음은 깊어진다. 향적봉에서 바라보는 첩첩산중의 장관을 내 무슨 언어로 형상화할까…. 문명을 자랑하고 현대인을 자랑하던 내 생각은 "뜨는 해도 보고 지는 해도 보았다."는 하루살이의 오만이었다. 비로소 내가 살아온 좁디좁은 우매愚昧한 처지를 조금은 각성覺醒한다. 고산高山 영봉靈峰에 올라보지 않고 어찌 인생을 말하고 첩첩산중을 말하랴.

산은 말 없는 진실이고, 모두를 품어 안는 무한의 덕德이며, 넓은 지혜知慧의 근원이다. 좁은 협곡에 터 잡아 살면서 이웃끼리 자글대며 살아온 날들이 가소롭다. 몰라도 아는 척, 알아도 모르는 척, 음흉하고 교활하게 살아온 무명無明의 삶은 또 얼마이었던가. 반성한다.

첩첩산중에는 인간들에게 도리道理를 가르치는 수많은 길들이 있다. 올라가고 내려가는 길, 만나고 헤어지는 길, 동쪽으로 가고 서쪽으로 가는 길…, 형이하학적形而下學的인 길, 형이상학적形而上學的인 길들이 있다. 살아온 날과 살아갈 날들이 소통하는 길들이다. 진실과 위선이 만나서 화해하고 융합하는 길이다. 도인, 기인들이 첩첩산중으로 찾아드는 이유를 알 것 같다.

산에 오르면 하늘이 가까워지고 세월도 보인다. 스치는 구름들이 향적봉 정상에서 바쁘다. 바로 세월의 흐름이다. 올라왔으니 내려가야 한다는 삶의 진실들도 가르친다. 성철性徹스님 "산은 산이로다."의 법어가 첩첩산중 어디에선가 장중莊重하게 울려온다.

(2017. 9. 14.)

9월에 스치는 생각

9월도 어느덧 중순을 넘어선다. 이글대던 8월의 노염老炎도 어느 날 새벽 가벼운 하늬바람 한 가닥에 슬며시 물러섰다. 등줄기에서 끈적대던 불쾌지수도 언제였느냐는 듯 따라서 가벼워졌다. 섭리는 정말로 엄격하다. 갈 때가 되면 반드시 가고, 올 때가 되면 어김없이 온다.

동트는 미명에 산책을 나서면 스치는 공기 감촉이 어제와 다르게 상쾌하다. 골목길 축대 밑이나 풀섶에서 울어대는 미물들의 하모니가 사연 두고 떠나는 노염의 미련이듯 애절하고 또 감미롭다. 신비로운 화음에 걸음 멈추고 잠시 귀를 기울이노라면 마치 거장巨匠이 지휘하는 세레나데(serenade) 향연이다.

새벽안개 뽀얗게 드리운 유등천柳等川 고수부지에 길게 깔린 초원의 길은 이미 가을 서정이다. 풀 끝마다 초롱초롱 매달린 이슬방울이 보석처럼 여물어 동트는 9월 햇살에 반짝이는 축제가 영롱한 황홀경이다. 백로 떼 군무가 창천에 유연하고, 눈빛만 닿아도 깨어질 것 같은 파란 하늘빛이 청명하다.

누가 말했던가. 중추가절仲秋佳節을…. 며칠 뒤면 추석 명절이다. 해맑은 가을볕에 오곡백과 터지도록 여무는 계절이다. 이때쯤이면 논두렁 밭두렁마다 바쁘게 헤집고 다니며 주저리지게 여문 동부꼬치, 녹두꼬치 따들여 멍석 가득히 헤쳐 널어놓고, 햇곡식으로 추석 명절 천신薦新차례 준비에 바쁘시던 옛날 어머님 모습이 선하다.

빨간 고추잠자리 떼 가벼운 군무群舞가 햇빛 밝은 마당 위에 한가로이 떠돌면 초가지붕 타고 앉아 뽀얗게 여물어가던 박통들의 넉넉한 가을정경情景이 마음씨 착한 흥부네 집 전설되어 다가선다. 섭리는 참으로 오묘하다. 앞산 능선 타고 앉아 마냥 게으름만 피우던 뭉게구름도 서둘러 창천蒼天에 올랐고, 초록빛 윤기 번질대던 산야山野의 비만도 신열辛熱을 앓고 난 여인의 몰골이듯 수척해졌다.

하얀 아침달이 자맥질하는 유등천 물빛까지도 유리처럼 맑아져 흐르는 소리가 도란도란 정겹다. 인간의 문명으로는 따라갈 수 없는 섭리攝理…. 하늘을 향해 억척스레 뻗어 올리던 초목들의 성장점도 9월의 새바람에 머쓱해졌다. 서로가 반대편으로만 감아올리며 갈등의 상징이던 칡葛넝쿨과 등藤넝쿨의 옹고집도 모두 접었다. 허구한 날 불신, 분열, 갈등, 정쟁만 거듭하는 요즘 우리 시대의 정서가 9월의 섭리를 깨달았으면 얼마나 좋을까….

처서處暑와 백로白露는 여름의 끝자락과 가을의 초입初入이 만나는 절기다. 9월은 여름에서 가을로 들어서는 변곡점變曲點이다. 여름의 자리에 가을이 본격적으로 들어앉는 달이다. 천변川邊 길을 지나서

구절초꽃 하얗게 피어난 낮은 산길로 접어들면 가을로 변하는 세월, 9월의 풍경은 더욱 완연하다.

자주색 귀족 꽃빛 은은하게 깔렸던 맥문동 집단서식지에는 8월의 노염에 그을려 새까맣게 매달린 흑진주 열매 잔치가 한마당이다. 세월은 순간도 그냥 흐르지 않는다. 하찮은 잡초나 잡목까지도 영락없이 씨앗을 여물게 하고, 나이테를 포갠다. 그래서 9월엔 바람 한줄기, 구름 한 가닥도 깨달음의 사유思惟가 된다.

내가 살아온 세월을 복기復碁해 본다. 복기란 바둑기사들만의 산술이 아니다. 우리가 한 세상 사는 것도 바둑 두기나 다를 바 없다. 만약 운명을 지배하는 우주의 신神이 내 앞으로 다가서며 "이 가을에 네 인생의 보람은 무엇이냐."고 묻는다면, 나는 과연 무엇을 내밀며 "이것이오."라고 대답할 것인가.

내가 살아온 지난여름 노역勞役의 가치를 셈해 본다. 진땀 흘리며 소란스럽게 요동쳤지만, 아무 것도 남은 게 없다. 허상虛像의 가면을 쓰고 진상眞相인 양 소리친 위선은 없었던가. 기뻐도 슬픈 척, 슬퍼도 기쁜 척 무명無明으로 살아온 교활함은 없었는가. 한줄기 소슬바람에 스쳐가는 세월의 변화이듯, 내 모습도 소멸의 계절 앞에 가까이 섰다.

곽우희 선생의 시詩 한 구절이 떠오른다. "늙은 갈대가 쉰 목소리로/ 하얗게 손짓하는 고향 길" 이젠 나도 머지않아 늙은 갈대꽃 하얗게 손짓하는 고향 길로 돌아가야 한다. 어찌 나뿐일까. 우리 모두가 시차時差만 다를 뿐 세월 따라 고향으로 가야하는 운명은 같다.

흙에서 나고 흙에서 살다가 다시 흙으로 돌아가야 하는 섭리….
나는 지금껏 계절季節과 세월歲月을 혼동하고 살았다. 계절과 세월은
분명 다르다. 계절은 해마다 오고가지만, 세월은 한 번 스쳐 가면
끝이다. 9월은 내년에도 또다시 오지만, 9월과 동행했던 세월은 영
원히 다시 돌아오지 않는다.

(2017. 9. 17)

욕망이라는 것

오는(2018년) 6월 13일은 지방선거 날이다. 각 지역마다 자치단체를 이끌어갈 단체장과 의회의원들을 선출한다. 욕망에 들뜬 정치 지망생들이 방방곡곡에서 우후죽순雨後竹筍처럼 난립하고 있다. 나도 한때는 지방정치 좀 해보겠다고 허상의 욕망에 들떠본 적이 있다. 정치의 속성이나 본질도 모른 채, 철없는 외도外道였고, 허욕에 부화뇌동한 부끄러운 공명심의 착각이었다. "누에는 뽕잎을 먹어야 하고 송충이는 솔잎을 먹어야 한다."는 옛말은 진실이다.

평생 몸 담았던 중앙 일간신문사 기자記者직을 팽개치고 특정 정당政黨에서 공천을 받아, 1995년 고향인 서산瑞山에서 충남도의회의원 선거에 출마해 당선됐다. 일찍부터 농촌운동을 하며 고향에서 표밭을 다져온 상대相對당黨 후보를 물리쳤기에 대단한 명예라도 얻은 것처럼 욕망은 비교적 의기양양하게 출발했다. 그게 바로 내 인생에 후회를 부른 철부지 오산이었고 착각이었다. '지방정치'라는 토양부터 낯설었고, 도의원道議員)이란 신분이 수행遂行하기 역겨운 부담이 되었다.

양심과 능력, 성실만으로 다할 수 없는 또 다른 이면裏面의 풍토를 미처 몰랐다. 외형은 그럴듯한 명예였으나, 직접 체감해보면 치졸한 명예였다. 도정道政을 감시 감독하는 본연의 책무 이전에, 법령상法令上지위가 허상虛像에 불과했기 때문이다. 언론사 재직 때 나는 수십 년 동안 충남 도정道政만 취재 보도해 왔기에, 충남 도정에 대해선 구석구석 자신 있다고 생각했었다.

그러나 막상 해박한 도정 지식만으로 도의원의 사명수행을 다할 수는 없었다. 지방정치도 중앙정치처럼 정당별 패거리들의 권모술수가 우선이었다. 초기부터 식상食傷감 회의懷疑감 거부拒否감이 몰려들었다. 오랜 세월 정론직필 정신이 몸에 밴 언론인 출신으로서, 정당의 당론에 휩쓸려 부당不當을 정당正當으로 동조해야 하는 경우, 자존심이 허락되질 않았다.

옳은 것은 옳다고 말하고, 틀린 것은 틀렸다고 말하는 게 내가 생각했던 지방정치였다. 평생 봉직奉職한 기자의 정신으로 소신껏, 양심껏 뜻을 펼치고 싶었던 것이 내가 가지고 있던 지방정치 욕망이었다. 그러나 현실은 달랐다. 정당별 당론과 야합, 권모술수에 동조하는 게 우선이었다. 의회구성 과정에서부터 치졸한 야합흥정이 거래됐다. 토양이나 속성을 모르고 출발한 욕망이 실망으로 역류했다.

실망한 점은 또 있다. 내가 도의원에 당선됐을 때는 지방자치제도가 부활된 지 2회째였다. 국가 통치統治권자의 업적業績만을 위해 '지방자치제 부활'이란 급조急造된 애드벌룬만 높이 띄웠을 뿐, 제도적으로 뒷받침돼야 할 준비 장치가 허술했다. 각종 법령제도가 거의가 중앙통치제도 그대로였다. 지방으로 이관해야 할 인허가認許可 행정사무 권한마저도 대부분 중앙정부에 그대로 묶여 있었다.

지방자치 능력 부족과 재정 능력 부족이란 이유 때문이었다. 일리 있는 구실이다. 그러나 이면裏面에는 행정권한을 모두 지방으로 이양할 경우 중앙정부의 통치위상이 급속하게 약화될 것을 계산한 정부와 국회 간 모종의 입법기술이 작용했다. 때문에 도정道政을 감시하고 견제할 수 있는 지방의회 기능이 상위법령上位法令에 묶여 사실상 지방자치는 허울 좋은 이름뿐이었다.

또 도의원의 신분도 '무보수 명예직'이었다. 경제력 없는 도의원은 사실상 의정활동이 불가능했다. 욕망이나 명예만으로는 도의원 직분을 수행하기가 현실적으로 어려운 부담들이 많았다. 선거구에서 매월 날아드는 초청장, 안내장, 청첩, 부고만도 수십 건씩 됐다. 또 공식 비공식 각종 지역구 행사도 많았다. 모두가 표심들을 외면할 수 없는 무언無言의 부담들이었다.

그러나 지역에서 사업체를 운영하거나 단위조합장, 개인병원 등 경제적 여유가 있는 토호土豪 출신 도의원들은 겸직이 가능했기 때문에 공천경쟁도 치열했다. 이재理財에 명석했던 일부 도의원들은 금지禁止와 금기禁忌의 영역을 요령껏 넘나들며 지방의원 직함을 오히려 자기 이권보호수단으로 이용하기도 했다. 법령의 허점이 오히려 이점利點이 되기도 했다.

누구나 욕망은 삶의 이유가 된다. 욕망 때문에 일상에서 활기도 찾고, 세상의 변화도 이루게 된다. 다만 욕망에 앞서 선택의 지혜가 명석해야 한다. 욕망도 선택도 착각은 후회를 낳는다. 올해도 곳곳에서 지방선거를 앞두고 많은 욕망들이 난립하고 있다. 허상의 욕망들은 자칫 위선을 부르게 된다. 위선이 탐욕으로 변질되면 광기狂氣로 탈선하기 쉽다. 광기 정치는 이름만으로도 불행이다. 우리 정치사政治史 곳곳에는 광기의 정치 역사도 많다. 내면의 현실도 모르면서 부질없는 욕망에 들떠 한때 공중부양空中浮揚해본 나의 추억은 지금도 후회다.

(2018. 6. 10)

10월의 우주예술제

풀잎 끝에 아침 이슬방울 차갑게 여무는 늦가을이다. 산촌 계곡마다 비단 폭 같은 새벽안개 뽀얗게 드리우고 10월의 우주예술제는 하늘의 문門이 열리듯 대단원의 막을 펼친다. 전지전능한 신神의 각본과, 엄격한 섭리攝理의 기획이기에 굳이 연출이나 각색도 필요 없다. 하늬바람 얇게 스치는 청람색 하늘빛에 하얗게 떠도는 구름의 유희가 창공에 풀어 헤치면 징소리 북소리 울리지 않아도 천자만홍千紫萬紅 화려한 우주예술제는 초장初章부터 와~와~ 감동이 소리친다.

출연진만도 거창하다. 생물과 무생물, 유형과 무형, 유색과 무색, 우주 안의 모든 존재는 빠짐없이 출연한다. 사계四季의 자연 속에 존재하는 세상 만물이 총동원돼 펼치는 종합예술제다. 어느 것 하나도 인간의 능력으로는 흉내 낼 수 없는 극치의 감동이다. 떠나고 만나는 세월의 감회가 있고, 채우고 비우는 깨달음도 있다. 또 공존하고 상생하는 순리가 있고, 부족하면 모이고 많으면 흩어지는 섭리도 있다.

눈에 담으면 아름답고 마음에 새기면 신비로운 섭리…, 그 자체가 모두 예술로 승화한다. 상념과 사유가 교차하고, 실상과 허상이 교차하며, 존재와 부재까지 들고난다. 마음을 들뜨게 하고, 무상을 깨닫게 한다. 초록빛 진하던 야산 능선엔 어느새 하얗게 흐느적대는 억새꽃 군무群舞가 대사 없는 허무를 춤추고, 텅 빈 논밭에 아랫도리 서늘하게 서있는 허수아비의 독백이 공수래공수거空手來空手去를 읊어댄다.

산하엔 황홀하게 치장한 단풍 빛 섭리가 불가사의不可思議를 증거하고, 찬바람 한줄기가 생멸生滅의 영혼들을 흔들며 스친다. 잡다한 소음들이 멎는 순간 정적靜寂이 흐르고, 정적이 다시 울림으로 살아나는 반증의 변증법과도 같은 우주예술제는 영원한 무상의 진실이 연출된다. 세월이 빚어낸 상념의 예술이고, 우수憂愁의 예술이기에, 보면 볼수록 생각하면 생각할수록, 또 들으면 들을수록 감명이 깊어진다.

누가 감히 우주예술을 어떤 언어로 정의하고, 어느 필설로 평론한단 말인가. 올해와의 이별, 새해와 만남, 가면 오고, 오면 또 가는 윤회…, 깨달을수록 깊어지는 사유의 극치다. 그 진리는 누구에게나 종착역을 향한 내세來歲적 영혼의 지향指向이다. 1년 단위로 반복하는 사계의 연출은 해마다 이어지는 연작連作이건만, 아무리 보아도, 아무리 읽어도, 아무리 체험해도 지루하지 않다.

언제나 이상과 현실로 축적되는 삶의 진리이건만, 각성 없이 우리가 무심하게 흘러버린 섭리들을 깨닫게 한다. 특히 우주예술이 펼치는 생태적 변화는 생성과 소멸을 깨닫게 하는 인생의 예술이기도 하다. 무상無常도 허무虛無도, 우수憂愁도 비애悲哀도 환희歡喜도 삶의 모든 감성感性들이 연출된다. 청각으로 깨닫는 음향이 그렇고, 시각으로 느껴지는 풍경들이 그렇다. 또 햇빛, 달빛, 바람 한줄기, 구름 한 무리까지도 감성을 후벼 파고든다.

차디찬 밤이슬 머금고 피어나는 국화꽃 그윽한 향기, 담장 밑에서 무서리 맞고 시들어지는 샐비어(salvia)의 허무, 하늘을 향해 긴 목 올려 세월을 전송하는 코스모스의 가녀린 흔들림, 캄캄한 밤에 꺼이 꺼이 울어외며 창천을 날아가는 기러기 떼들의 비상飛翔…. 이 모든 것들이 생生과 멸滅의 기로에 사는 우리의 감성을 자극한다. 그래서 우주예술제는 사계절을 종합 편집한 오페라이고, 삼라만상이 동원된 하모니다.

또 다양한 장르의 문학이고, 가무歌舞 시화詩畵다. 형상, 색상, 조형, 울림, 율동 등 모두가 융합된 심포니 오케스트라다. 심지어는 땅속에 서식하는 미물微物들까지도 출연하는 생명예술의 극치다. 골목길 축대 밑에서 귀뚜라미 돌돌대고, 시드는 풀섶에서 벌레들의 애절한 화음에 펄펄 끓던 노염老炎도 억새꽃 하얗게 흐느적대는 황혼의 언덕에 주저앉아 세월송歲月頌을 읊는다.

문명의 기교로 흉내 낼 수 없는 산하山河의 채색은 시각예술의 극치다. 한 가닥 바람결이 스칠 때마다 단풍잎 우수수 떨어져 내리면 인간들은 "청춘을 돌려다오, 인생을 돌려다오…,"를 외치며 덩달아 부화뇌동한다. 우주예술의 본질은 시각적 감명을 넘어, 인간들에게 심오한 깨달음을 준다. 내가 내 마음을 깨닫고, 오고 가는 세월을 깨닫는 것이다. 10월은 그래서 우주예술의 종장終章이 된다.

빛인가 하면 바람이고, 바람인가 하면 세월이고, 또 세월인가 하면 어느새 멀어진 황혼 빛이 붉어진다. 어느 계절인들 감동이 없으랴만, 특히 사색의 계절 10월은 삶의 의미가 더욱 중후하다. 박수를 보낼 것인가, 감탄사를 외칠 것인가. 아니면 허무를 탓할 것인가, 무상을 원망할 것인가. 서로가 다르지만 전체가 하나의 사색이 되고 감동이 된다. 천 가지 감동과 만 가지 깨달음이 스친다.

우주예술은 인간 예술의 원전原典이다. 무한과 유한, 시작과 끝, 생과 멸이 돌고 도는 윤회가 그 속에 있다. 인생의 희로애락을 연출해내는 섭리의 진실이 함께 흐른다. 올해도 장엄한 우주 예술 축제가 점점 가경佳境이다.

(2017.10.22.)

류인석 열일곱 번째 수필집

누가
세월을 산술하랴